한민족 새 디아스포라

세계 속에 우뚝 서는 한국인 이야기

New diaspora of the Korean people

국내외 자녀손들과 자라나는 동포 후손들을

위하여 이 책자를 남깁니다.

2014년 초여름

서울에서 편저자

개정증보판

한민족
새 디아스포라

신갑철 편저

푸른사상
PRUNSASANG

해외 이주한 선조들이 눈물을 머금고 부르던

황성옛터

황성옛터에 밤이 되니 월색만 고요해

폐허에 서린 회포를 말하여 주노라

아 가엾다 이 내 몸은 그 무엇 찾으려

끝없는 꿈의 거리를 헤매고 있노라

성은 허물어져 빈터인데 방초만 푸르러

세상이 허무한 것을 말하여 주노라

아 외로운 저 나그네 홀로이 잠 못 이뤄

구슬픈 벌레소리에 말없이 눈물 져요

　* 위 가사는 우리나라에 대한 일제 침략에 따라 갖가지 사연으로 국외
로 떠난 청년들이 일제강점기에 망향곡처럼 불렀던 노래임. 왕평 이응호
선생 작사, 전수린 작곡, 이애리수 노래로 알려져 있고 8·15광복 후 대중
인기곡으로 이미자, 배호, 조용필 등 가수의 히트곡이 됨.

재외동포신문 대표
재외동포포럼 이사장

이 형모

　저는 국내와 720만 재외동포의 가교 역할을 하는 『재외동포신문』의 운영 책임을 맡고 있습니다. 국내외의 젊은 세대들에 대해 깊은 관심을 가지고 있던 차 수필가 녹암(麓岩) 신갑철 선생이 그의 삶을 통해 오늘의 젊은이들에게 필요한 근세 조국역사에 대한 인식과 그들에게 모범(Mentor)이 될 만한 각계의 선인들 이야기를 담은 책 『한민족 새 디아스포라 – 세계 속에 우뚝 서는 한국인 이야기』를 출간하게 되어 저로서도 감명 깊은 심정으로 추천의 말씀을 드리게 되었습니다.

　우리 한국 민족이 역사적인 굴곡을 겪어오는 동안 20세기 초 한일합방, 8 · 15해방에 이은 6 · 25전쟁 등 모든 시련을 이기고 오늘의 발전이 있기까지 국내외에서 활동한 수많은 애국지사와 각 분야에서 진력한 동포들을 존경의 마음을 가지고 기억합니다. 편저자 신 선생은 2차 세계대전 기간 중 어린 소년으로서 부모를 따라 만주, 중국 등지로의 이주와, 8 · 15해방 무렵 귀국하여 학창생활을 계속하던 중 6 · 25전쟁과 5 · 16군사혁명 등 역사적인 체험과 군 복무 후 무역지원 금융기관에 평생을 근무하는 동안 많은 외국 왕래와 2세 등 직계가족들의 해외이주 생활을 통하여 젊은 세대들의 장래를 위한 조언 필요성을 절감하여 이 책을 집필한 것입니다.

이 책에는 이 시대에 국내외에 살고 있는 젊은이들이 근래 한국 발전의 원동력이 된 시대정신과 역사의식을 올바로 가지고 고국의 계속적인 번영 속에 그들의 해외에서의 삶이 성공적이고 행복해질 수 있기를 갈망하는 편저자의 심경이 고스란히 배어 있습니다. 특히 여러 가지 사연으로 외국으로 나가 지구촌 곳곳에 흩어져 사는 우리 동포들의 이주역사와 조국광복을 위한 애국선열들의 활동에 이은 남북분단 경위와 오늘의 현실에 대하여 간략히 고찰하여 이해에 도움을 주고자 시도한 점은 전후 세대들의 산 공부가 되리라 믿습니다.

또한 자신의 뿌리에 대한 자긍심을 가지게 하여 세계 어느 곳에 살던지 스스로 노력하여 성공적인 삶을 이루게 하고 싶은 충정이 담긴 글 모음이라는 점을 강조하고 싶습니다. 여기서 우리 민족의 후대들을 위한 편저자 신 선생의 출판을 돕고자 개인 자료를 직접, 간접으로 기꺼이 제공해주신 훌륭하신 여러분들에게 심심한 감사의 말씀을 올리면서 이 글을 마칩니다.

한민족 새 디아스포라 개정판 발간에 즈음하여

전 워싱턴 한국문화원장
현 문화체육관광부 근무

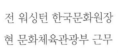

수필가 신갑철 선생의 이 책의 초판(2014년 5월) 출간 당시 「기러기 소년의 역정과 대한민국의 발전」 제목으로 본인이 추천사를 드린바 있었는데 책자내용 일부를 대체, 보충하여 개정판을 발간하게 되어 몇 말씀을 첨언하게 되어 기쁘게 생각합니다.

초판내용과 대비하여 개정판의 체재 및 보충내용은 저자의 머리말에서 언급될 것이므로 여기서는 이를 생략하고 2014년 대한출판문화협회와 한국출판문화진흥재단 공히 이 책을 청소년교양도서로 선정하여 국내와 재외동포 청소년들 교육용으로 유익한 것으로 인정한바 있음을 밝혀둡니다.

본인 추천사는 초판내용을 인용하는 것으로 가름합니다.

이 책의 편저자인 녹암(麓岩) 신갑철 선생은 소년시절 부모를 따라 해외로 이주생활을 하시다가 해방 무렵 귀국하여 6 · 25전쟁을 겪었으며 혼돈과 궁핍의 시절에 서울대학교에 진학하여 학창시절을 보냈다.

우리 민족의 힘들었던 역사와 함께 신 선생의 삶도 한국전쟁 후 세계 최빈국의 하나에서 근대화와 글로벌화를 이루고 산업화와 민주화를 함께 성공적으로 달성한 세계 유일의 나라가 되기까지 겪어야 했던 우리 민족의 고단한 삶과 역경 극복의 과정을 그대로 새기고 있는 듯하다.

신 선생은 오랜 무역지원 금융기관 근무를 통해 한국 기업들의 해외진출을 현장에서 지원하며 인도네시아 정부의 자문관 역할, 수많은 국제회의 참석 등을 통해 그야말로 대한민국 글로벌 신화를 이끌고 밀어온 주역 중 한 사람으로 살아오셨다. 법학을 전공하였지만 예술인이었고, 수필가이자 연주가로 삶의 일면을 또한 가꾸어 오기도 하였다. 이번에 세계 속에 우뚝서는 자랑스러운 한국인, 우리 민족의 성공스토리를 책자로 펴내시는 것은 720만 재외동포, 특히 젊은이들에게 올바른 역사인식과 조국과의 연대감을 높이는 데 크게 기여할 것으로 기대된다.

이 책『한민족 새 디아스포라』는 우리 민족이 어려운 시절을 헤쳐 나온 지혜와 철학이 농축되어 있다. 나는 이 책이야말로 재외동포는 물론 국내외 청소년들에게 오늘의 어려움을 극복하고 내일을 열어가는 '희망의 지침서'가 될 것이며 또한 '시대의 거울'이 될 수 있을 것이라고 믿는다.

우리 민족은 지구상 극동의 한 가운데 한반도에서 역사의 소용돌이를 헤치며 살아오고 있습니다. 조선조 말엽 쇄국정책을 고수하다가 세계열강의 각축 속에서 일본에게 합병 당하였고 2차 세계대전의 결과로 남북이 분단되고 또 6 · 25 동족상잔의 비극을 겪었으며 아직도 세계에서 단일민족으로 유일하게 남북이 갈린 분단상태로 되어 있습니다. 역사의 굴곡 속에서 세계로 흩어져 살게 된 우리 민족판 해외이산(Diaspora)으로 720여만 동포후손들이 외국에 나가 살고 있습니다. 다행히 1960년대 이후 우리 한국의 급속한 발전으로 경제적인 후진국을 탈피하였고, 이제는 바야흐로 선진국 진입을 목표로 매진하는 단계에 이르렀습니다.

그러나 현재도 정치적인 후진상태에서 벗어나지 못하여 참다운 국리민복을 실현할 수 있는 민주국가의 건설을 위해서는 전 국민의 결집된 노력이 더욱 필요한 실정입니다. 이제 교포자녀들이 세계로 뻗어 나가기 위한 진로모색이 시대적 중요과제라고 생각되어 과거 젊은이들이 청년시대로부터 노년에 이르기까지 남녀를 막론하고 역경 가운데서도 의지로 삶을 개척해 가면서 국내외에서 뛰어나게 활동했거나 현재도 큰 공헌을 하고 계신 각계 선인들 중에 멘토(Mentor)가 되실만한 여러분의 이야기를 간추려 우리 청년들이 성장하여 장래 우리나라와 거주국 그리고 국제사회 발전에 공헌하는데 도움이 될 수 있으리라 생각되어 이 책을 출간하게 되었습니다. 이미 고국의 발전에 공헌하였거나 해외에 나가서 국제사회에서 인정받는 인사들의 이야기이기 때문입니다.

대부분의 내용이 이미 기사나 출판물을 통해서 세상에 알려진 것일지 모르지만, 일상생활에 분주한 젊은이들을 위하여 다방면에서 대표적이고 비교적 일반에게 덜 알려진 내용을 포함하여 분야에 따라 요점적으로 서술하여 독자가 먼저 선택하여 읽기 편리하도록 구성하였습니다. 혹시 일부내용이 수정을 요하거나 부족한 부분을 발견하시면 독자들께서 후일의 보완을 위하여 엮은이에게 알려 주시면 감사하겠습니다. 어린 교포 후손들이 대부분 현지어 학습에 분주하여 모국어를 익히면서 한글 책자를 이해하기가 쉽지 않을 것이므로 이 책자의 내용 중 보완이 필요한 사항에 대해서 편저자가 추후 보충하여 필요하다면 영문 수정판이 발간되도록 추진할 것입니다. 이 책자의 내용에 등장하는 주인공 자신들과 주위분들께서 기사자료를 협조해주시고 그 공개가 앞으로 후진들에게 도움이 될 것이라 헤아리시고 수록을 허락하여 주신 점, 또한 초판책자에 두분 외국인(세계적인 작가와 근면한 두 탐구인중 Paulo Cohelo씨와 전 주한 미국외교관 W씨) 내용을 삭제 또는 일부 조정 흡수하는 대신에 이번 개정판 제2부 국위를 선양한 국제적 멘토들 후미에 추가 수록된 '한류와 한국인의 우수성을 세계에 알린 영화인들, 젊은 H작가와 K영화감독'의 주인공, 특히 한국영화진흥을 위해 반평생을 바친 부산국제영화제 김동호 명예집행위원장을 위시하여 한국영화 발전을 위해 그간 진력해 오신 영화계 인사 여러분께 감사드립니다. 재미 한국인 2세 홍윤기 작가와 김준표 영화감독의 자랑스러운 활동자료를 할애하여 주신 본인들과 그 가족(홍성웅 박사, 김태훈 박사)들의 노고에 경의를 표하고 편저자 친지들인 효천(曉泉), 혜천(慧泉), 동암(東巖), 우천(又川)께서 초판졸고 작성시 부터 친절히 지도해 주신바 있어, 또한 동경(東炅), 성혜(成蹊) 두분 회장님들의 격려와 배려에, 아울러 고마움을 표하며 한편 계속 깊은 관심을 가지고 추천사를 싣게 하여 주신 서울 '재외동포신문' 이형모 대표님. 전 워싱톤 한국문화원 최병구 원장님과 LA 거주 홍승주 작가님이 큰 격려와 함께 발문을 계속 싣게 해주신 점에 깊은 감사를 올리며, 출판업계의 어려운 현실에도 불구하고 이 책 개정판 출판을 허락해주신 푸른사상사 한봉숙 사장님에게도 마음으로 부터의 존경과 깊은 감사를 드립니다.

2015년 가을의 한가운데에서
녹암 신갑철

차례

제1부

자유와 평화의 화신

한국 민족의 해외이민상
한국의 현대사와 국제적 위상
한국인의 세계 진출과 해외정착 과정

한국 민족의 해외이민상

한반도를 둘러싼 열강의 각축으로 근세에 들어 우리 민족은 중국, 일본 등 인접국가와 해방 후 미국 이민 등으로 해외로의 이주민이 많아졌다.

1. 해외이주의 시발과 조국관

우리 동포들이 고국을 떠나 국외로 나가 살게 된 연유는 시대별로 특징이 있다. 우리나라는 근세에 와서 정치, 경제, 사회, 문화면으로 외국과의 교류가 활발히 이루어지게 되었지만 역사적으로 보면 중국과 일본이 인접해 있어 1, 2차 세계대전을 거치는 동안 동포들이 중국, 근동(중앙아시아 포함), 일본을 위시하여 미국과 일부 유럽 국가로 많이 나가 살게 되어 우리 민족이 가히 세계적인 디아스포라(Diaspora) 같은 존재가 되기 시작하였다.

일제강점기에 징용으로 일본에 끌려간 청년들이 해방 후 그곳에 잔류하여 어렵게 살아온 가운데 사업으로 큰 성공을 거둔 분이 있고, 또한 기반을 잡은 후손들도 많다. 이미 1910년경부터 구국운동을 위해 일부 우국지사들의 국외로의 이주가 시작되었지만 2차대전 중 국내에서 살기가 어려워 만주, 연해주로 이주한 동포의 후손들이 스탈린의 이주정책으로 중앙아시아에서 살게 되었다. 8·15광복에 이어 6·25전쟁을 겪었고, 60년대에는 젊은이들의 월남파견 근무에 이어 호주, 캐나다 등 미주로 이민 간 경우도 많았으며, 60년대 초부터 서독 광부와 간호원으로 한국의 젊은이들이 다수 진출하여 현지에서 근무한 뒤에 정착하거나 캐나다, 호주 등지로 이민 간 사람들도 적지 않다.

그런데 해외교민 1세들은 대부분 6·25전쟁 참화와 남북대치 상태에서의 전쟁 재발위험, 특히 북한으로부터 월남 동포들은 아직 고국이 덜 발전되었을 때의 모습과 불안한 고국정세가 머릿속에 떠오르고 있는 반면 과거의 기억이 없는 1.5세대와 현지에서 출생한 2세 이후 세대들은 역사의식이 단절되고 다년간 외국에서 생활하다 보면 정체성이 혼돈된 상태에서 오늘의 고국과 모국인들을 긍정적인 면보다 부정적인 것을 먼저 알게 되는 경향이 있으므로 과거와 현재 그리고 미래를 연결하여 생각해볼 필요가 있다.

그런데 세계적으로 자국민이 해외에 많이 나가 있는 순서로 중

국화교가 5천만 내외, 이태리가 약 1천만, 한국이 720만 이상, 그 다음이 유태인이라고 본다. 따라서 우리 민족도 각자가 체재하고 있는 주재국과의 개별적인 연고관계로 장기체재 또는 현지인과의 결혼생활로 다문화가정을 이루어 국내외에 거주하여 모국과의 경제거래를 촉진할 수 있는 경우도 더욱 늘어나리라고 본다.

재외한인의 이민 배경요인, 이민자특성, 거주국의 민족정책, 문화변용 수준[1]

	독립국가연합	중국	일본	미국	캐나다
세대 구성	3, 4세가 주류	2, 3세가 주류	2, 3세가 주류	1세가 주류	1세가 주류
이민 시기 1단계 2단계 3단계 4단계 5단계	1863~1904 1905~1937 1937~1945 1945~1991 1991년 이후	1863~1910 1910~1930 1930~1945 1945~1992 1992년 이후	1910이전 1910~1937 1937~1945 1945~1989 1989년 이후	1903~1905 1906~1945 1945~1964 1965년 이후	1967 이전 1967 이후
출신 지역	현재의 북한 지역(함경도, 평안도)	1930년 이전: 현재의 북한 지역(함경도, 평안도) 1930년 이후: 한반도 내 지역으로 다양화	현재의 남한 지역 (경상도, 전라도, 제주도)	대부분 남한출신과 소수의 북한 실향민	대부분 남한출신

· · · · · ·
1) 윤인진, 『코리안 디아스포라』(표1-1, p.13~14)

이주 동기	주로 경제적 이유 (경제유민)/ 정치적 동기 (독립운동)도 작용	주로 경제적 이유 (경제유민)/ 정치적 동기 (독립운동)도 작용	주로 경제적 이유 (노동이민)/ 1937~1945년 에는 강제징집	주로 경제적 이유(초기의 노동이민과 후기의 중산층 이민)/ 사회문화적 이유(자녀교육)도 작용	주로 경제적 이유/ 사회문화적 이유(자녀교육과 사회복지)도 작용
계층 배경	다수가 기근과 압제에 떠밀린 가난한 농민·유민(流民)의 성격이 강했음	다수가 기근과 압제에 떠밀린 농민·유민이 성격이 강했음	다수가 농민과 노동자·체류자(Sojourner)와 강제이주자의 성격이 강했음	초기: 농민, 노동자 중기: 국제결혼 여성, 전쟁고아, 유학생 후기: 고학력, 중산층 초기에는 체류자 성격이 강했으나 이후 정착 이민의 성격이 강함	고학력, 전문직, 중산층 정착 이민의 성격이 강함
거주국의 민족 정책	동화주의	다원주의 (민족자치, 허용)	동화주의	동화주의	다원주의 (다문화주의)
문화 변용 수준	러시아문화로의 동화	민족문화 유지	일본문화로의 동화	미국문화로의 동화와 민족문화 유지	캐나다 문화로의 동화와 민족문화 유지
호칭	고려사람	조선족	재일(在日) 한인	코리안-아메리칸	캐나다 한인

해외 동포들이 현지에서 정착하기까지 고난을 이겨낸 정신력과 나름대로의 성공을 이루기 위해 기울인 노력을 거울삼아, 이들의 모국인 좁은 한국 내에서 서로 간 분열과 갈등을 치유하며 지도자를 중심으로 새로운 비전을 가지고 대동단결하여 강소국으로라도 당당한 선진국 진입을 서둘러야 되겠다.

한국의 현대사와 국제적 위상

1. 한국의 독립과정 전후의 진통과 6 · 25전쟁[1]

20세기 초 한반도는 조선왕조 말엽으로 전통적인 왕정이 당파 싸움과 외세에 흔들리는 한편 개화파에 의한 근대화 작업이 시도되었고 자주독립국가 건설을 표방하게 된다. 이에 중국, 일본, 러시아 등 인접 열강이 배후세력으로 자국 이익 확보와 영향력 증대를 도모하게 되자 서로 충돌하여 청일(淸日), 러일(露日)전쟁이 일어났고 일본의 승리에 따라 결국 한일합방으로 귀결되었다. 이에 따라 일제의 압제하에 신음하던 한민족은 국내외적으로 저항

1) 이주영, 『대한민국의 건국과정』 2013년(건국이념보급회 출간), 양동안, 『대한민국 건국사』 2001년 참고.

운동을 일으키게 되며 특히 해외에서는 중국 상해의 임시정부 구성, 독립광복군의 결성, 기타 우국 · 애국지사들의 열혈의거가 잇따르고 연해주 인접지역의 연안파 등 친공세력에 의한 독립운동도 한몫 거들게 된다.

2차 세계대전에서 일본의 항복으로 8 · 15해방을 맞이한 한반도는 북위 38도선 이북에는 소련군, 이남에는 미군이 각각 진주하여 군정을 실시하게 되었다. 여기에 소련진주군 당국은 1945. 10. 12-13 소련군 대위 출신 김성주를 김일성 장군으로 둔갑시켜 당시 평남정치인민위원회에 소개하는 등 재래 독립운동세력인 조만식 선생 등이 주도하는 세력을 위축시켰고 다음날인 10월 13일 평양공설운동장 환영대회석상에서 소련군 스티코프 장군이 김일성 소개 직후 가짜로 자인한 해프닝을 벌인 사실이 1989. 4. 13.『조선일보』 독자의견으로 게재-2010. 11. 19.『뉴 데일리』(김필재 칼럼 전직교장 이영훈 씨 증언) 보도도 있음-된바 있다. 당시 남한에는 평양의 친공 세력인 남로당(南勞黨, 박헌영 일파)의 암약과 순수 공산이론에 현혹된 일부 청년들의 신탁통치 찬성, 국립대학(오늘의 서울대학교) 설치 반대운동과 이들의 반 독립적인 활동에 항쟁하는 우익청년들과의 충돌 등 여러 사건으로 정국이 혼란스러워 졌다.

김구 · 김규식 씨 등 중도파 독립투사들은 남북협상을 통한 한반도 통일정부 수립을 추진하기 위해 평양을 몇 차례 방문하고 북한 당국과 협의하였으나 실패로 돌아갔다. 사실 8 · 15해방 이후 1948년 남북이 각각 단일정부를 수립할 때까지 약 3년간 김구·김규식 씨 등 민족주의적인 상해임정파와 미국에서 귀국한 이승만 박사 등 민주주의 국가를 추진하는 미주파(美洲派)(단 서재필 씨는 일시적으로 이 박사 반대편의 위치에 섰으나 중도 하차하고, 미국 유학생 중심의 일부 국내 운동가들도 합류함) 사이에 자파의 정치적 목적을 달성코자 정국주도권 싸움이 격화되었다. 더욱이 소련파, 연안파 등 좌익세력(김일성, 김두봉, 최용건 등 중심)은 북한에 들어가서 자파주장에 동조세력을 확보하고자 남한에서 우후죽순처럼 설립된 각종 정치단체들을 연이어 평양의 정치집회에 초청하면서 자기 세력화하고자 노력한 것이다.

그러나 이미 미쏘공동위원회에서 한반도에서의 합법 정부수립을 위한 총선거 원측이 발표된바 있고 1947년 10월 UN결의로 확인된바 있으나 북한이 거부하여 남한만의 5·10 총선거가 추진되자 이를 방해하는 박헌영의 남로당계열이 선동 선전술책으로 산발적으로 시작된 제주지역 폭도들의 소란행위가 1948년 제주도 4·3 폭동으로 촉발되고, 일부 양민들이 폭도가담자들로 오인되어 무고한 희생을 당한 일도 있었다.(고문승 지음 『제주사람들의 설음』 머리말 참조 1991년 신아출판사 발간, 1957년 4월 2일에 마지막폭도가 잡힌 시점까지 사태가 지속. 4·3특별법 제정 뒤 4·3진상조사위 및 명예회복위원회 조사결과 발표는 전체 희생자 13,968여 명−제주 4·3평화공원내 안치된 위패 중 폭도주동자, 적극가담자등 불량위패 900기도 포함 '이슈제기' 『월간조선』 2014년 4월호 보도

하였고, 이 중 과잉진압 희생자를 4,800여 명으로 추정하였는데
이 과정에서 알려진 1,300여 명의 공무원 및 양민과 우익계인사들
4,200여 명-현대공론 1988. 7월호 발표 유관종 저-이 공비에 의
해서 살해된 수자는 아마도 별도로 계상해야 되는지도 모름.

그런데 사태를 악화시키기 위해서 남로당 핵심그룹의 지도자
(김달삼, 강문석, 이덕구)들은 평양과 접선하여 폭동의 두목으로
초기에 좌익폭도들이 군경을 살상하고 경찰서를 습격, 무기고를
터는 등 내란상태로 몰고 가서(진상규명특별위 추미애부위원장
수형인명부 발표 1. 1948.12-1949.7 토벌작전 생포자 군법회의
회부자:1,650명-내란음모, 방조, 살인죄, 방화죄 등, 2. 1947.3 · 1
절 시위-1955년까지 1,321명), 치안혼란상태를 야기하여 총선거
를 제대로 못 치루게 하는 등 UN이 인정한 대한민국정부 수립을
끈질기게 방해하였다. 사실 초기 남조선노동당(위원장 허헌, 부
위원장 박헌영)이 발족되어 박헌영이 실력자로서 북한에서 김일
성과 더불어 1948년 2월 북조선 최고인민회의에서 '조선민주주
의 인민공화국 임시헌법 초안'을 확정하여 사실상의 단독정부를
북한측이 먼저 수립한것이다.

5 · 10 총선거에 의한 제헌의회의원 선거를 좌익측이 방해 공작
한 사실은 통일정부 수립을 추진하던 중도파들의 활동을 공산계
열이 역이용하여 위장공세를 편 것으로도 확인할 수 있다. 건국

후 정부는 대한민국 국가 승인을 받기 위해 제3차 파리 UN총회에 대표단을 파견했다. 그러나 소련대표 (비신스키)가 UN총회 최종일인 12월 12일 자정 넘어까지 남한 단독정부승인 결의안을 상정 못하게 끈질기게 지연전술을 편 사실에서도 증명되는 것이었고, 이러한 어려움을 극복하고 총회에서 47 : 6으로 대한민국이 한반도의 유일한 합법 정부로 승인 받을 당시 남한측 대표단(장면 단장 등 8명)의 보고로서도 생생히 밝혀진 바 있다.

한편 국내에서는 1948년 7월 통일독립촉진회(주석 김구, 부주석 김규식)가 결성되었다. 8월 1일 통일독립촉진회는 파리 유엔총회에 남북 분단정권 대신 임시정부 승인을 호소하기 위해 김규식을 수석대표로 파리 유엔총회에 파견할 통일독립촉진회 대표단을 선정했으나 김규식이 파리행을 거부하여 대표단 파견은 무산됐다. 그러나 9월 29일에 김구와 김규식은 공동 명의로 리(Trigue Lie) 유엔사무총장에게 남북 통일정부 수립방안을 제시하는 편지와 통일독립촉진회 대표를 유엔총회에 참석시킬 것을 요청하는 편지를 발송했다.(『조선일보』 48. 9. 30 보도, "통일임정 수립 한독(韓獨) UN에 건의") 그리고 9월 29일에는 김구 명의로 남북에 새로운 총선거를 실시할 것 등을 요구하는 메시지를 유엔한국위원단에 전달했다.(『조선일보』 48. 9. 29 보도, "남북의 통일독립 결의를")

역사상 최초의 민주적인 총선거를 이용하여 남·북한 정치집단

간에 자파의 정치노선을 확립하고자 상호 투쟁하였으나 결과적으로 남, 북한 단독정부 수립이 기정 사실화되었고 오늘날 우리 민족이 세계 유일의 분단국가로 남게 된 직접적인 원인이 되었다

북한 공산정권은 인민군 무장을 계속 강화하여 불과 2년 뒤인 1950년 6월 25일 적화통일을 목표로 기습 남침하여 3년간 동족상잔의 비극이 지속되어 막대한 인적 물적 손실을 입었고 한반도는 전쟁의 참화로 피폐해지고 말았다. 북한군의 전세가 불리해지자 중공군의 개입으로 전쟁이 장기화 되었고 1953년 7월 미국주도의 UN군 대표와 중공군 및 북한대표가 참여하는 휴전회담이 성립되어 1953년 7월에 휴전협정이 서명된 후 어언 60주년이 지냈으나 남북대치상태는 계속되고 여전히 우여곡절 가운데 파묻혀 있다.

2. 근대화 토대 구축과 현대 민주국가로의 발전

1953년 7월 휴전 뒤 약 7년간 이승만 박사를 지지하는 자유당 정권의 실정으로 4 · 19를 맞게 되었다. 그러나 여기서 초대 이승만 대통령의 정치적 공과를 분명히 하는 것이 역사 바로 세우기와 이를 통한 국민 각성 및 앞으로의 정치적인 국민의식 수준 향상을 위해서 필요하다고 보아 간단히 기술하기로 한다.

위에서 잠시 언급한 대한민국정부 수립을 위한 남한만의 단독정부 수립과 이를 뒷받침하는 5 · 10 총선거가 자칫 당시 통일을

염원하는 국민감정으로는 이 박사측의 정치적 야심에 의해서 성급하게 추진하려던 것으로 오해를 받기가 쉬웠던 것은 김구 씨 등 반대 정치지도자들이 불의에 암살당하는 사태도 한몫을 한 것이 사실일 것이다. 그러나 이전에 북한 당국은 당초 적화통일을 도모하려던 속셈을 가지고 이미 소련의 전폭적인 지지로 군비를 확충하면서 대남 도발 기회를 엿보고 있었던 것이고, 결국 2년을 넘기지 않고 6 · 25라는 민족 대 학살극을 일으킨 것과 이를 격퇴하기 위해 UN군 참전과 정전협정을 앞두고 반공포로 석방 등 자신의 생명을 건 도박으로 뒤에 한미 상호 방위조약을 체결하여 북한의 도발을 막은 것이 결과적으로 오늘날의 번영을 가져온 것은 이 박사의 탁월한 외교적 혜안의 공적이며 이 점은 나라를 세운 대통령으로 그의 공로를 온 국민이 인정해야 될 일이다.

1960년 4월 학생의거가 일어나 야당인 민주당 정권이 들어섰으나 성숙된 민주정부 운영은 고사하고 혼란만이 가중되자 1년이 지나서 결국 1961년 5월 16일 군사혁명이 일어났다.

박정희 소장이 이끄는 군사쿠데타 주체세력은 소박한 애국심과 유학파 중심의 때 묻지 않은 경제학자, 과학자들의 두뇌와 능률적인 경제개발계획을 시행하여 1차 5개년계획의 착실한 수행에 이어 4~5차 개발계획의 시행이 성공을 거두어 수출산업이 근간이 되는 산업구조 고도화를 통하여 한국 근대화의 초석을 세웠다. 다만 정보정치를 통치수단으로 하여 야당 및 민간탄압의 양상이 있었던 것도 사실이나 민주화 이론만을 앞세운 직업적인 정치인들보다 가난을 극복한 실질적인 위민정책(爲民政策)을 과감하게 시행하여 농경사회를 탈바꿈시켜 세계에서 알아주는 "한강의 기적"을 이룩한 공로는 오늘날 고 박정희 대통령을 역대 대통령 중 선견지명이 있는 가장 위대한 정치인 중 한 분으로 기억되게 만든 요인이다.

현재 우리는 국민소득 2만 달러, 무역규모 1조 달러를 달성한 세계 10대 경제대국으로 발돋움했다. 이는 지난 50여 년간 본격적인 경제개발로 근대화를 이룩하게 한 시멘트 및 건설 산업, 제철 및 조선, 전자, 자동차공업 등과 중화학 분야에서도 세계일류 수준에 다달아서 선진국의 세계적 기업들의 위치를 대체하거나, 경쟁적인 단계에 들어섰기에 가능한 일이었다. 어떤 부문에서는 이미 선진국 수준에 진입했고, 이들에 앞서 선도적 역할마저 하고 있는 것이다. 즉 초일류국가의 위치에서나 볼 수 있는 녹색산업, 제2차 전지 개발, 스마트폰, IT산업 주도 등이다. 반면 문화면에서도 세계적 선풍을 일으킨 가수 싸이를 비롯한 각종 가요그룹의 활동과 국산 영화가 세계적 수준에 이르는 등 한류(韓流)가 세계 젊은이들을 매혹시키고 있어 우리 문화에 대한 국제적 관심을 끌어 모으고 있다.

이제 우리가 국민적인 지혜를 모아서 계속 노력해 나간다면 국민소득 4만 달러, 무역규모 2조 달러 시대가 도래할 수 있을 것이다. 이러한 의미에서 우리나라 발전의 토대 구축 및 지속 확대를 위해 자랑스럽게 공헌한 지도적 인물 이승만, 박정희, 정주영, 이병철, 박태준 같은 탁월한 지도자들을 과거에 일부 과오가 있었더라도 교과서나 위인전 등에 올려서 자라나는 청소년들에게 희망을 주고 우리 민족의 우월성을 널리 알릴 때가 되었다고 본다.

한편 박정희 전 대통령의 10월 유신으로 나타난 집권 연장 기도는 당시 남북 대치 상태에서 처음으로 남한 우위의 경제기반이 갖추어졌고 이의 계속적인 추진이 필요하다는 명분을 내세웠는바 민주복지국가 건설이 하루아침에 기계적으로 이루어지기는 어려운 일이라는 사실을 중시하여 템포 조절을 시도하였더라면 하는 진한 아쉬움이 남는다. 2차 대전 후 드골이 전시영웅으로 프랑스 내각수상으로 추대되었으나 국민들 기대에 미치지 못하여 실각하였다가 그래도 드골만 한 인물이 컴백하여야 된다는 국민 여망에 힘입어 대통령으로 추대되는 역사적인 사실을 참고하였더라면 당시 박 대통령 중심의 집권세력이 무너지는 비극은 없었을 것이 아닌가 하는 느낌이 든다.

역사는 돌고 돌아 오늘날 극심한 남북대치상태에서도 최초의 여성대통령인 박근혜 전 퍼스트 레이디(박대통령 영부인 서거 후)가 그 부친의 공과를 거울삼고 국민적인 의식 수준이 향상된 민심을 잘 헤아려 후일 통일의 기반을 세운 위대한 대통령으로 기억될 수 있다면 우리 모두가 후손들에게 자랑할 수 있는 조상이 될 수 있으리라 믿는다.

한국인의 세계 진출과 해외정착 과정

유대인의 디아스포라(Diaspora)처럼 해외로 뻗어 나가는 우리 민족의 후예들이 겪어온 애환, 이들의 자긍심과 민족혼을 불러 일으켜 세우고, 국내에서는 조국 발전을 계속 추진할 수 있도록 우리 민족 특유의 근면정신을 북돋우며 전 국민적인 의식 개혁이 과감히 추진되어야 할 과제임을 기술한다. 즉 선진문물 습득차 해외 파견이 활성화되고 기술연수를 위한 인력 진출로 현지에서 기술과학 분야의 교육을 받고 큰 공헌을 하고 있으며, 대부분 본국 정부의 권유에 따르거나, 본인 스스로 귀국하여 고국 발전에 헌신한 인재들이 많다.

* * * * *

＊ 이하 37~42쪽에 수록한 사진 9매는 2013년 10월 29일 전남대 한상문화연구단 발행 『코리아 디아스포라』 책자 내용에 계재된 것 중에서 발췌 사용된 것 임.

국내 경제 발전을 토대로 대외지향적인 개방체제와 적극적인 해외 진출에 발맞추어 국제 경제협력 차원에서도 한국의 역량이 커진 것은 현재 범세계적인 국제기구의 수장으로, 국제전문기구의 중요 직책에서 많은 분들이 활동하게 된 현실이 이를 단적으로 증명하고 있는 셈이다.

뿐만 아니라 많은 개발도상국의 발전모델이 된 한국이 과거 선진국의 원조에 의존했던 경험을 토대로, 이제는 이를 개발도상국들에게 전수하는 공여자의 입장에서 적극적인 대외협력자세를 갖추어 KOICA 같은 단체가 여러 분야에서 많은 나라의 발전을 위해 지원하고 있다. 이는 과거 대(對) 한국 공적 지원자금에 의한 잉여 농산물 공여 이외에도 평화봉사단의 이름 아래 각종 지원을 해준 미국의 대(對) 한개발원조시스템 같이 오늘날 우리 한국이 여타 개발도상국에 대한 지원자 입장으로 확고히 자리매김된 것이다.

이외 무역, 투자 촉진 등 각종 경제교류에 종사하기 위해 우리 한국인으로 각국에 파견, 진출, 주재하는 인원이 과거와는 비교할 수 없을 만큼 늘었으며, 우리 국력신장에 따라 서구유럽은 물론 동구권, 아프리카, 중남미 등 세계도처에서 활동하는 우리 젊은이들이 많아진 것이 현실이다. 또한 비교적 낙후된 지역, 심지어 생활환경이 열악한 오지에 가서 과거 선진 기독교 국가의 수많은 선교사들이 종교활동을 한 것 이상으로 우리나라가 현재 세계 상위의 선교국 위치에 올라있고 우리 청장년들이 세계 많은

1920년대 다마강에서 강제동원된 조선인(치마저고리회 제공)

나라를 상대로 선교적 사명을 가지고 현지에서 활동을 하고 있어 보다 문명화된 사회와의 소통을 위해서 우리나라가 다문화를 포용하는 자세로 임하면서 고유한 우리 문화(韓流) 전파에도 힘쓰고 있다.

1. 동포들의 진출지역별 특징과 유형

1) 재일, 재중동포들의 2차 세계대전 이래 진출 실태

근세에 들어 일제강점기에 국내생활이 어려워지자 여러 가지 사연으로 만주 연변지역이나 중국 본토로 이주한 동포들의 후손들과 강제징용 등으로 일본에 끌려 간 재일동포들의 자손들이 현

『청년 신격호』　　『제2의 스티브 잡스　　　　장훈 선수
　　　　　　　　　　손정의 한번뿐인
　　　　　　　　　　　인생을 사는 법』

지에서 아무런 기반이 없이 고초를 겪으며 생활하는 동안 잘 성
장하여 2차 대전 이후 생활기반 확보를 위해 체재국의 국민 신분
으로 국적을 바꾼 이도 있고 전후세대로서 현지화된 위치이긴 하
지만 각기 그 사회에서 성공한 사람들도 많이 배출되었다.

　1945년 세계대전 종전 후 이미 70년 세월이 흘러 1세 시대는 막
을 내리고 2, 3세대 시대를 거쳐 4세대에 접어들었기에 지금은 상
호 교류가 활발해져서 어린 소년시절에 건너간 1세 재일동포 중
대표적인 유력사업가 모씨는 이중 국적자(한일 양국)로서 모국에
투자한 굴지의 체인사업체를 운영하며 매년 두 나라를 오가는 생
활을 하고 있고, 또한 재일 사업가로서 4위 재력을 가진 분은 2차
대전후 세대로서 유력인사가 된 분이 있다. 특히 국내 운동선수
들 중 일본 식민 통치하에서 전 일본 마라톤 선수로서 선발되어
올림픽 금메달리스가 된 손기정 씨를 위시하여 전설적인 야구선

역도산 일행(재일한인역사자료 제공)

수 장훈, 역도산 등 제씨가 있었고 전후세대로서도 현재 여러 선수가 계속 뒤이어 일본 프로야구구단에 매년 진출, 활동하고 있는 것이 현실이다.

　재중동포는 중국 당국의 동북3성을 위시한 소수민족 보호 및 관리정책이 세월의 흐름에 따라 바뀔 수밖에 없어서 현지화 물결을 거스르기는 어려우므로, 우리로서는 종래처럼 단순히 혈통으로 묶는 재외동포 관리시책이 아니고 범세계시민으로서 다민족국가관으로 상호이해의 폭을 넓혀 공동이익 확보와 발전을 모색해야 하겠다. 문화 부문의 한류(韓流) 바람도 만만치 않게 동양 여러 나라에서 현지화 바람과 맞물려 활발해지고 있는 상황을 보면서 시야를 바로 세워야 할 것이다.
　최근 급속한 경제발전을 이루어가고 있는 중국이 한국과 경제

중국 흑룡강성 해림현 잔금연합소 앞에서(리윤선 제공)

중국 모아산 기슭 조선인 이주민들(간도사진첩에서)

하와이 사탕수수밭 작업사진(안형주 제공)

협력의 틀을 통해서 세계 경제중심으로 거듭날 수 있도록 상호협력이 필요한 것은 비단 경제분야에 국한되지 않고 국제정치적 차원에서도 양국의 공동이익 발전에 부합되는 것이라 하겠다.

2) 재미 교포의 진출실태와 현지정착

미국으로의 이주는 일제가 20세기 초 한말 침략 야욕을 본격적으로 드러내자 어려워지는 국내생활을 탈피하고자 농민 노동자들을 중심으로 하와이나 멕시코 사탕수수밭 근로노동자로 나가게 된 것이 시발점이 되었다. 이민의 나라 미국은 세계 각국으로부터의 부족한 인력 충원으로 노동력을 확보하면서 인접국 노동자들을 현재도 다수 고용하고 있다. 2차 세계대전 종전과 우리나라가 독립한 이래 6·25전쟁 등 혼란한 국제정세 속에서 우리 젊은이들은 해외유학과 기술이민 등으로 미국, 캐나다 등지로 많이 진출하게 되고, 한국의 전쟁고아들과 60~70년대 주로 경제적 사정으로 어린 젖먹이 자녀를 직접 키울 수 없게 되어 부득이 북구나 미국 현지 가정에 입양시킨 일도 있다.

처음 이민 간 대부분의 교포들은 현지인들과의 언어소통이 원활치 못하고 큰 자금을 투자해야 되는 사업 시작은 어려워서 우선 단순한 노동일부터 하게 된다. 1970~80년대 초기 재미교포들의 정착과정을 보면 뉴욕의 브로드웨이 등 맨해튼 지역 길거리에서 좌판장사를 하는 한국 청년들이 많이 눈에 띄었고, 교포들이 흔히 블루칼라(Blue Color)로 대표적 사업인 야채류, 생선가게, 세

DEDICATION CEREMONIES NEW K.N.A. BLDG. LOS ANGELES CALIF. APR.17,'38.

오하우섬 와히아와 조미구락부 단체사진(1935년 미국, 안형주 제공)

탁소 등으로부터 시작하였으며 국내 동포 등 미국 여행객의 급증
으로 뉴욕과 LA 등지에서 한국 사람들의 기념품 또는 선물가게들
이 한때 번창하기도 하였다. 나중에 국내 정계로 진출한 무역인
으로 성공한 동부 출신 유력한 사업가도 배출되었고 단일 품목으
로 세계적인 제품 생산체제를 갖춘 분도 여러 분 있다.

교포들이 밀집한 서부의 대도시 LA 등 캘리포니아 지역에서는
남자 어른들은 주유소나 청소부로 많이 일하고 있었고 어떤 분은
청소회사를 차려서 건물 청소용역을 맡아서 큰 돈을 번 사람들도
있었다. 어떤 부모들은 일할 수 있는 자녀들과 함께 소형트럭에 이
동식 햄버그 가게를 차려서 주로 공장지대 뒤편 허름한 공터를 돌
면서 매일 점심시간에 집중적으로 2~3시간씩 매상을 올려서 짭짤

하게 수입을 올리는 이들도 있었다. 여자들의 대표적인 블루칼라 직업인 바느질공장 직공으로 1970년대 시간당 약 5불 정도 돈을 받는 일에 한국 대학 출신 부인들이 경험도 없었던 일에 울며 겨자 먹기식으로 취업한 사례도 많았다.

한편 이민자 가족으로서는 생존을 위한 투쟁? 같은 심적 자세로 임하는 일이었다. 즉 먹고 살기 위해서 우선 다른 직업이 결정되기 전까지라는 희망을 가지고 일하는 것이라고 자위하면서 지내는 것이지만 부모들이 자녀 공부를 제대로 시키려고 막 노동도 불사하는 자세는 후일 자영업을 하게 되는 경우에도 변함없이 지속되는 자세이었다.

지금은 미국 또는 다른 외국 현지에서 자라고 교육받아 각자의 재능대로 성인으로서 화이트 칼라(White Color)의 직장생활로 1세들과 달리 사회 각 부문에서 두각을 나타내고 있거나 독립적인 자영업에 종사하는 후손들이 많아졌다. 1990년대 이후 소형 컴퓨터 개발로 시작하여 IT산업의 메카가 된 실리콘밸리(Silicon Valley), 산 호세(San Jose) 지역 유수한 연구소에 유력한 교포 벤처 사업가들 또는 고국에서 유학 와서 미국의 유명 공과계통 대학에서 학업을 마친 우수한 젊은이들이 현지기술을 닦고 있어 그 실력을 유감없이 발휘하고 있다.

그러나 외형적으로 보아 현지에서 이미 유명해진 소위 성공스토리만을 너무 이상적으로 추구하여야 될 가치로 설정해서는 안되리라는 생각이 든다. 비록 그에 이르지 못하지만 나름대로 인생의 가치를 부여할 수 있는 보람 있는 삶을 살아갈 수 있도록 선대들이 젊은이들에게 바른 인생관과 가치관을 정립해줄 필요가 있다. 더욱이 이들의 오늘이 있기까지 그들 부모형제들은 오직 그들이 잘 될 수 있도록 온갖 고생을 다하며 자신의 꿈을 접어두고 자녀들의 장래만을 생각하며 노심초사하여 온 사실이 그 자녀들의 성장 밑거름이 된 현실을 잊지 않도록 해야 될 것이다.

이와 같이 온갖 노력으로 생존을 위해 부(富)를 축적하기에 여념이 없던 1세대들은 이제는 대부분 노년에 들어서고 자녀들이 미국에서 교육을 잘 받고 모두 성인이 되어 살아가고 있는 것이다.

재외한인의 사회문화 적응유형 비교

	정착사회에의 참여					민족문화와 정체성 유지				사회문화적 적응유형
	직업	소득	교육	거주지	종교활동	민족어	족내혼	민족문화	민족정체성	
조선족	과거에는 벼농사에 종사, 타 민족에 비교해서 2, 3차 산업 종사자 비율 높음, 1980년대 이후 상업활동 증가	소수민족 중 높은 소득	소수민족 중 높은 교육수준	과거에는 동북3성 농촌지역에 집중, 1980년대 이후 도시로 이주 증가	과거에는 종교활동 미미, 개혁개방 이후 한국 개신교회 선교활동 활발	민족어 사용수준 높음, 최근 들어 젊은 세대의 민족어 상실 가속	족내혼 비율 높음	민족문화와 관습을 잘 유지, 실행	높은 민족 동일시와 애착심, 실 중정체성	과거에는 고립행이 지배적, 1980년대 이후 수용증가
고려사람	과거에는 벼농사에 종사, 1950년대 중반 이후 전문직과 관리직 진출, 최근 들어 상업활동 증가	소수민족 중 높은 소득	소수민족 중 높은 교육수준	과거에는 농촌한인 집단농장에 집중, 1960년대 이후 도시화 증가	과거에는 종교활동 미미, 개혁개방 이후 한국 개신교회 선교활동 활발	민족어 사용능력이 낮은 수준, 러시아어로의 언어 동화 높은 수준	족내혼 비율 낮음	러시아문화에 동화, 중앙아시아 원주민 문화에 동화안됨	높은 민족 동일시와 애착심, 이중정체성	초기에는 고립행이 지배적, 이후 1930년대 중반 이후부터 수용행 증가, 현재 동화행으로 전환중

2) 윤인진, 『코리안 디아스포라』(표8-1, p.322)

집단	직업	경제수준	교육수준	거주분포	종교	언어	통혼	문화정체성	적응형태
재일한인	과거에는 육체노동, 단순직에 종사, 1960년대 이후 화이트칼라종사자 증가, 자영업 비율 높음	과거에는 매우 낮은 수준, 점차 생활수준 향상	과거에는 낮은 교육수준, 현재 한인의 시험점수 높음	이주 초기부터 대도시에 집중, 정착한인밀집주거지역에서 분포	민속신앙, 기독교, 개신교 신앙			1, 2세는 일본문화에 저항, 3, 4세는 동화	다양한 정체성 갈등이 지배적, 1960년대 이후 수용형 동화형으로 진행중
재미한인	이민 초기에는 농장, 단순직 종사, 1970년대 이후에는 자영업 참여 높은 수준	중상층 지위	높은 교육수준	대도시에 집중, 코리아타운이 점차적 약화, 근교화, 코리아타운의 분산	한인교회의 참여 높은 수준	2세 이후의 한국어 사용수준 낮음	2세 이후의 족내혼 비율 낮음	한국의 신 정체성과 강한 민족 정체성, 이형 지배체제, 2세이후는 동화됨	초기에는 고립형, 현재는 수용체제로, 2세이후는 동화형으로 전환중
캐나다한인	자영업 참여 높은 수준	중산층 지위	높은 교육수준	대도시에 집중, 코리아타운, 아타운의 분산	한인교회의 참여 높은 수준	2세 이후의 한국어 사용수준 낮음	2세 이후의 족내혼 비율 낮음 것	한국의 신생활, 명절 동일시, 이형 지배성 중정체성 유지	초기에는 고립형, 현재는 수용체제로, 2세이후로 동화형으로 전환중

3) 재외교포들의 가정과 자녀교육

복잡한 고국에서 어린 자녀들을 극심한 경쟁 가운데 키우는 것보다 미국이나 기타 외국에서 잘 교육시켜 밝은 장래를 이루어주기 위해서 부모들은 고국의 생활터전을 버리고 미국이나 캐나다, 호주 등지로 이민 길에 나섰던 것이 사실이고, 근년에는 중국어 현지교육차 조기유학을 보내는 경우도 드물지 않다. 그러나 외국생활이나 이민생활이라는 것이 힘들고 더욱이 두 마리 토끼를 쉽게 잡을 수는 없기에 부모들은 오직 생활비와 교육비를 벌고자 내외가 함께 또는 떨어져서 교대로 일만 하다 보니 가정과 자녀교육 문제가 심각한 양상으로 빗나가는 경우도 있었다.

미국 사람들이 자유(?)스럽게 이혼하는 것과는 달리 한국 젊은 부부들 사이에 이혼은 가정파탄으로 이어지고 그 사이에서 자녀교육은 자녀들이 정서적으로도 불안한 사춘기에 접어드는 시절에 자칫 잘못되는 방향으로 진전되는 경우가 있다. 여기서는 먼저 현지 출생한 2세들이 자라나면서 한국의 1세 조부모와 매년 접촉하면서 느낀 점을 글로서 적은 일화를 소개한다.

① California로 향하는 동심(童心)

초등학교 3년생인 재미교포 2세 학생 엘리자(Eliza)가 2012년 정초에 캘리포니아로 가족과 함께 여행가면서 느낀 이야기를 듣고 여기에 요약해본다. 그의 3남매는 -여동생 크리스틴(Christine)과 남동생 사무엘(Samuel)과 함께- 모두 버지니아에서 태어났다. 그들 아빠, 엄마는 유아기, 소년기 등을 각자 미국 캘리포니아(아빠는 LA근교 Silver Spur Elementary 통학)와 홍콩(엄마는 중·고등학교까지)에서 자라며 학교를 다닌 후 대학은 서울에서 마쳤지만, 아빠가 엄마와 결혼하며 텍사스에서 대학원 공부를 끝낸 뒤 캘리포니아 새크라멘토(Sacramento)에서 살다가 약 10년 전에 버지니아로 옮겨 왔다.

엘리자의 친가와 외가 할아버지, 할머니가 서울과 홍콩에서 살고 계셨는데 2011년 가을 서울서 오셨던 할머니와 할아버지께서 이듬해 1월 중순 서울 가시는 길에 엘리자 다섯 가족과 함께 캘리포니아로 여행을 가게 되어 어린 3남매는 디즈니랜드에 가서 재미있게 지낼 것을 생각하며 신났다고 한다. 그와 크리스틴은 두 번째, 사무엘은 태어나서 처음 길이고, 아빠, 엄마, 할머니, 할아버지는 약 30년 전 아빠가 어렸을 때 그곳에 사셔서 벌써 여러 번 가셨는데도 이번에 함께 가신다고 하니 마냥 기쁘고 즐겁다. 왜냐하면 할머니와 할아버지께서 매년 그의 집에 오셔서 몇 달씩 같이 지내시지만 한국으로 가실 때에는 모두가 섭섭하여 엄마처럼 눈물이 날려고 하기 때문에 LA로 가서 며칠이라도 함께 지내다가 'Good Bye'를 하는 것이 좋을 듯 해서라고 한다.

할아버지와 할머니는 아빠, 엄마가 그들 어린 3남매를 위해서 긴 하지만 왜 자꾸 LA로 가는지 잘 알 수 없었다고 한다. 어린 시절이나 젊었을 때에 미국에서 사셨던 추억이 마치 고향처럼 느껴지시기 때문에 찾아가 보고 싶으신 것이라고 막연히 생각했다고 한다. 마찬가지로 그들도 어른이 되어서는 그들이 자란 버지니아가 고향이 될 것이다.

엘리자 가족은 할아버지, 할머니와 함께 몇 년 전에 자동차로 18시간 가량 걸리는 플로리다에 디즈니 월드(Disneyworld)를 함께 구경 간 일도 있어 사실 디즈니 랜드(Disneyland)를 꼭 가야만 되는 것은 아니었다. 그런데 아빠는 어린시절 할아버지와 할머니와 함께 갔었던 추억을 우리에게도 심어주시고, 다니시던 학교도 기회가 되는 때는 꼭 들려서 아빠의 어린 시절을 회상하면서 옛날 이야기를 우리에게 들려주는 것이 좋기만 하신 듯 생각된다고 하였다. 홍콩 외할머니는 엘리자와 크리스틴이 태어날 때에 그의 집으로 오셔서 엄마를 도와서 수고를 많이 하여 주셨고, 서울 할머니는 그 전에도 매년 집에 오셔서 가족들이 먹고 싶은 맛있는 음식도 만들어 주시고 예쁜 옷도 사주시고 바느질 솜씨가 좋으셔서 불편한 옷도 많이 고쳐 주셨지만 2010년에 사무엘이 태어날 무렵과 다음해 9월에 돌잔치를 마련하시려고 오셔서는 몇 달간 같이 사시면서 할머니가 엘리자만 했던 나이에 바로 할머니의 할머니로부터 여자아이로서 바느질 등 장래 필요한 여러 가지 솜씨를 배우셨다고 하시면서 엘리자에게 잘 가르쳐 주셔서 아마도 할머니 나이가 되면 다시 손녀한테 한국식 여러 가지를 가르쳐 줄 것이 많을 듯하다고 말했다.

할머니도 형제들 중 맏이셨고 그도 동생들을 리드해야 될 것이 므로 한국 말은 물론 식탁매너, 옷 잘 차려입기 등 기본 교양과 여자로서 알아야 될 뜨개질, 바느질, 기타 살림 정리 등 많은 것 을 배울 수 있어 계속 잘 배우면 큰 도움이 될 것이고 어른이 되 어 살아가는 동안 그 할머니를 영원히 그리워하게 될 것 같다고 하였다.

부모의 뿌리는 한국이지만 미국서 태어난 2세 Korean – American 으로서 두 나라의 문화와 역사를 모두 잘 배워야 될 것이고 이민 사회로서 구성된 United States의 일원으로서 애착심과 애국심을 가지고 자부할 수 있는 세계시민(Global Citizen)이 되어야 하므로 동양인, 멕시칸 들이 특히 많이 사는 캘리포니아 여행을 통해서 좀 더 많은 것을 보고 느끼는 기회가 될 것이라고 한다.

다음은 2세 교포대학생이 수년 전 일으켰던 총기사건을 중심으 로 관련된 이야기를 기술한다.

② Virginia Tech 교포학생의 총기 발사사건

2011년 말경 이 학교 구내 총격사건이 재발되어 2008년 초반 돌발적이고 흔하지 아니한 교포 1.5세 조군의 대학캠퍼스 내 총 기 난사사건을 머리에 떠오르게 하였다. 버지니아의 교포 학생이 이러한 충격적인 사고를 일으켰다는 사실은 우리 모두가 깊이 생각해 보아야 될 문제인 것이다. 조군의 개인적이고 단독적인 책임이라고 치부하기에는 구조적, 제도적, 교육정책적 측면 등 다각적으로 연구, 검토하여 앞으로 올바른 예방책이 정립되어야 하고 우리 교포사회뿐만이 아니고 모든 가정 부모들의 경각심을 높이고 미국 관계당국과도 긴밀히 협조하여 선후책이 마련되고 시행되어야 할 심각한 문제이다.

특히 부모가 떨어져 사는 가정의 자녀교육, 즉 기러기 엄마의 경우에는 아빠가 한국에서 직장생활 또는 사업 운영으로 가족의 해외체재비와 교육비를 부담할 수 있는 능력이 있어야 되고 또한 엄마는 일을 하는 대신 아이들 교육 뒷바라지에 매달려야 되는 힘든 문제이다. 여기에 애들과 함께 현지에서 생활하는 많은 기러기엄마들의 생활자세와 자녀를 위한 원래의 희생정신이 충분히 발휘되어 일생일대의 절대명제인 자녀교육에서 성공을 거두어야 된다.

따라서 양친과 함께 사는 교포 학생들은 부모가 생활전선에서 노고를 아끼지 않는 부모 사랑을 깊이 깨닫고 정신훈련과 건전한 운동습관으로 젊은 시절을 자신의 장래에 큰 도움이 될 심신의 기틀 마련에 매진해야 될 것이다.

2. 진출지역별 실태와 성장모델

1) 일본, 중국, 근동지역

중국은 서구 근대문명이 한국으로 들어오는 전달통로로서 역사적으로 한국과 일본 문화의 발전에 기여한바 크다. 그런데 서양의 동양 진출에서 일본이 명치유신을 시행하여 서구문물을 한발 먼저 받아들임으로서 중국이 침탈 목표가 되었고, 이에 지정학적 중간자인 한반도가 전쟁의 와중에 휩쓸리게 되었다. 즉 2차 세계대전의 직접 당사국인 일본을 포함한 이태리, 독일 등 추축국과 미국, 영국 등 서방국가, 소련－뒤늦게 참전－양측과의 대결태세로 이미 한일합방 전후 백성들은 농사라도 좀 잘 지을 수 있으리라는 희망을 가지고 만주나 러시아 근동지역으로 이주하였고 한국의 우국지사들의 독립운동은 이들 지역에서 항일운동으로 점화되었다.

이미 1911년 안동 유림의 종손 이상룡 선생은 이조 세종 때 이후 6대손의 독립운동가 집안으로 99칸의 임청각에 거주 중 국권회복을 위해 망명길에 올랐다. 중국에서 경학사를 만들고 신흥무관학교를 세웠다. 그는 서로군정서 독판, 대한민국 상해임시정부의 초대 국무령을 지낸 독립투쟁의 최고지도자로 1932년 만주에서 일생을 마쳤다. 그의 아들 이준영은 국내에서 일제 협조를 거부하고 1942년 자결, 순국한 바 있다.

중국 운남 육군강무학교 출신 이범석 장군이 1924년 손문에 의해 중국 광동에서 설립된 황포군사학교 등지에서 교관이 되었고 전설적인 양림 장군(11년 선배), 73명의 이 학교 졸업생 중 북한 출신 최용건(노선이 갈려 후일 북한 부주석이 됨)이 있고, 이 학교를 통해 간접적으로는 200명에 달하는 후진 독립군 간부가 양성된 바 있다. 훈련받은 이들 청년들이 이범석, 지청천 장군들의 지휘 아래 만주벌판에서 항일 독립군으로서 일본군을 상대로 청산리대첩을 거두는 등 활발한 전투 활동을 전개한 바 있다. 후일 뜻 있는 조선청년들이 만주군관학교나 일본 육사 출신이 되어 조국광복과 함께 국군창설의 주역이 되기도 하였다.

일반 이주민들은 농업 위주의 생업으로 살아가면서 이들 독립군들을 재정적으로 정신적으로 지원하였고, 이들 외에 국내외 동포들의 헌신적인 애국활동도 높이 평가되어야 할 것이다. 한만(韓滿)국경 인접지역에 살고 있는 연변 조선족은 이들 이주 선조들의 후예들이고 중국의 조선족 동화정책 시행에도 불구하고 조국의 동포로서 긍지를 심어주고 오늘날 지구촌시대에 걸맞는 세계시민으로서 한민족의 명맥을 이어가야 될 것이다.

소련령 연해주로 이주한 한반도 동북지역 주민들과 더불어 이동휘 씨 등 독립운동가들은 연해주로 들어갔다. 이들이 척박한 산간생활의 탈출구로서 공들여 농토를 가꾸어 정착하려던 무렵에 일본군의 만주 진격과 중국, 동남아 석권전쟁으로 소련 당국

연해주 빨치산 대원들(고려일보, 안 빅토르 제공)

에 의해 한민족이 중앙아시아 미개간 오지에 강제로 집단 이주되어 오늘날 와해된 구 소련연방 국가로부터 독립한 여러 중앙아시아 국가에 흩어져 살게 되었다. 1910년대 러시아혁명으로 볼셰비키 공산이론에 당시 지식인들과 독립운동을 하던 현지의 한민족 지도자들도 상당수가 이에 현혹되기도 하였다. 대부분의 순박한 동포 농민들은 조상의 나라를 거의 잊어버린 채 현지화된 그 나라 국민으로서 각자 살아가고 있다.

러시아와 구 소련위성국으로 편입된 중앙아시아 각국에서 위와 같이 농토를 가꾸며 삶의 터전을 이룬 동포(고려인)들 가운데 정신적 지도그룹을 형성한 분들은 현지교육을 받고 모스코바 등

고려인 소련문단 대표적 작가 김 아나톨리 소설가(2010년 11월 아자르스탄)

지로 유학생활을 한 지식인들이 주류를 이루었는데 대표적 인물로, 재러 지식인 박일, 카자흐스탄의 박 아카니 여사 같은 분과 그 외에 현지에서 활동한 여러분의 지성인들이 당시에 동포사회에 큰 영향력을 미쳤다.

2) 미국지역

사실 20세기 초 일제 침략에 따라 살기 어려워진 국내에서 초기 노동, 농민이민자들이 하와이 후일 멕시코 등지로 이주하게 되었는바 이들 이주 한인 사회에서 하와이 지역의 이승만 청년과 LA 지역에서 흥사단 창시자인 안창호 선생이 중심이 된 독립운동이 대한민국 상해임시정부의 활동과도 연계되어 8 · 15광복시까지 계속되었다. 해방 후 상해임정 요인들과 미국에서 귀국한 이승만 박사 등이 독립정부 수립에 이견을 노출하다 우여곡절 끝에 미 군정하의 남한에서는 소위 미국파(유학생 출신 포함)들이 다수 참여한 남한 단독정부 수립에 이어 소련의 지원을 받은 소련파와 연안파가 기반이 된 북한 공산정권이 발족됨에 따라서 남북의 분단상태가 고착화되고 후일 동족상잔의 6 · 25전쟁으로까지 이어지게 되었다.

미국 지역에 이주한 동포 후손들이 정착단계로서 현지사정에 익숙해지면서 자녀교육을 통한 현지생활 적응 및 성공과정을 간단히 언급한다. 아무래도 초기 이민생활에서는 의사소통의 문제도 있고 하여 교포사회에 발을 들여놓고 경제활동 범위가 소속되어 당분간 그 안에 통합되기 마련이다. 특히 성인으로 이주해온 교포들의 식생활은 한식을 선호하므로 교포 식료품 마켓을 잘 이용하게 되고 어느 정도 이민생활이 오래되어 현지 식습관에 익숙해진 사람들 가운데서 향수를 달래는 차원에서 고국의 구미를 찾는 경우가 가끔씩 있게 되는 것이다.

자녀들은 부모들의 헌신적인 뒷받침으로 명문학교 등지에서 교육을 잘 받아 능력을 배양한 뒤에 미국 주류사회에 뛰어 들어가고자 많은 노력을 하게 된다. 전문인으로서 수학적 머리가 요구되는 이공계통을 많이 전공하면서 두각을 나타내는데 엔지니어로서 발전이 기약된다. 직업인으로서는 의사 직종이 인종편견이 덜하고 백인들이 힘든 학업을 일부 기피하는 경향이 있어 동양 출신으로 두뇌가 명석하고 성실한 노력형 젊은이들은 의사직에 장래를 건다. 문과계통은 정신적인 우대를 받는 법조계 종사자나 수요가 많은 변호사를 지망하는 이들이 많다. 그 외 자영업에 눈을 돌려 자신의 기술개발 프로젝트로 인생의 승부를 거는 사람들도 적지 않다. 이것은 미국 내 시장이 크므로 히트상품으로 개발이 성공하면 큰 시장이 확보되어 단기간 내에 부(富)를 축적할 수 있기 때문이다.

일반적인 출세 개념으로는 정계나 기타 권력기관에 진출하는 것을 추구하지만 개인생활을 위주로 하는 미국 사회에서는 일반적으로 높은 봉급을 택하기에 특별히 정치활동이나 권력 추구를 좋아하는 사람 이외에는 일부 전문직에 국한하여 관청을 택하고 이에 종사하고 있다.

① 재미교포 교육전문가의 자녀교육관

이민생활의 큰 보람인 자녀교육의 성공을 위해 노심초사하는 재미교포 부모들뿐만 아니라 전체 미국 사회 젊은이들에 대한 교육정책이나 제도적인 차원에서 주의 깊게 연구, 검토되어야 할 문제가 자녀교육이다. 여기서 소개하려고 하는 분은 바로 미국 버지니아에 거주하고 미국 교육부 산하 교육과학원에서 교육개발연구관으로 근무하시는 박옥춘 박사님인데 이 분은 미네소

『미래형 자녀교육법』

타대학에서 교육학박사 학위를 받으셨고 2006년 한국어판으로 저서 『미래형 자녀교육법』을 출간한 바 있다.

미국에서의 자녀교육 문제는 한국에서의 교육과 비교하여 장단점이 있지만 부모들이 특히 유의해야 할 사항으로서 박옥춘 박사가 일반적인 차원에서 발표한 내용을 아래에 소개한다.

그는 자녀교육을 부모가 인격으로 대해야 되는 유형, 애들의 자신감을 키워주는 열 가지 약속, 미국 교육연구진흥원이 제시하는 글쓰기 교육 10계명도 설명하였다. 그는 자녀를 키우는 부모가 책임 있게 행동해야 하는 점과 애들에게 해서는 안 될 사항을 상기 그의 저서에서 아래와 같이 설명한다.

1) 자녀의 마음을 이해하는 것이 성공적인 가정교육의 기본이다.
2) 언제나 자녀와 함께 생각하고 의논하자.
3) 성공적인 자녀교육의 비결이 있다면 그것은 끝없는 배움과 노력뿐이다.
4) 가정교육은 부모가 한 목소리로 일관성 있게 해야 할 공동책임이다.
5) 아이들은 부모가 생각하고 말하고 행동하는 대로 배운다는 것을 항상 명심해라.
6) 아이들은 부모의 한결 같은 사랑을 원한다. 특히 사랑 받을 자격이 없다고 생각될 때 더욱 큰 사랑을 필요로 한다.
7) 자녀에게 사랑에 대해 가르치려면 사랑을 주는 것도 함께 가르쳐

야 한다.

그리고 부모로서 피해야 할 사항은 다음과 같다.

8) 아이의 잠재능력을 부정하는 말을 하지 마라.
9) 과잉보호와 잔소리를 피하라 – 모험과 도전의 장려가 필요.
10) 대가 없이 물질적 만족을 주지 마라 – 노력과 인내로 정신적 만족감을 얻도록 하라.

아울러 부모로서 훌륭하게 자녀들에게 가르쳐야 될 진정한 공부는 여기 7가지 능력을 키워 주어야 된다고 강조한다. 즉 공부에 대한 올바른 가치관을 비롯하여 독서습관, 토론능력, 의사표현력, 논술능력을 키워주어야 되고 흥미와 호기심을 일으켜 사고력을 배양하고 체계적인 사고방식을 훈련시켜야 한다는 것이다.

② 1.5세 재미교포 출신이 서울의 지한파 미국대사가 되다

20세기 초 시작된 소규모 취업 위주 미국 이민역사가 1세기가 되어 오는 가운데 한미 외교관계 132년사에 최초의 일로서 2011년에는 상징적 의미가 깊은 미국정부의 파견인사가 있었다. 즉 10월에 주한 미국대사로 Sung Kim – 한국 출신 1.5세 김성용 씨 – 이 부임한 사실은 인적 교류의 극치다운 모습이고 작금 한미관계의 중요도로 보아 우호관계 증진뿐만 아니라 상호이해의 기틀이 되리라고 기대된다. 혈통은 한국인이지만 미국에서 청소년기를 보내고 펜실베니아대학(University of Pennsylvania)을 졸업하고 한때 법조계에 근무한 경력이 있는 미국시민으로 한국주재 대표 외교관으로서 그 직무수행에 도움이 될 수 있는 지한파라는 점이 눈에 띈다.

3) 유럽 각국

세계대전이 발발하기 이전에는 개인적으로 특정 공부를 위한 유학생이 독일, 프랑스, 영국, 혹은 극소수지만 스페인 등지로 나갔으나 이민형태는 아니었고 일부가 현지결혼으로 정착한 경우가 있을 뿐이다. 〈애국가〉를 작곡하신 안익태 선생은 스페인에서 고인이 되셨지만 부인을 포함한 현지 유족들은 아버지 나라를 생각하며 그곳에 살고 있다.

2차 대전 종전과 8 · 15 조국 광복에 이어 6 · 25전쟁으로 파괴된 어려운 경제현실 속에 전쟁고아를 비롯한 해외 입양아는 홀트 복지재단을 통하여 대부분 미국으로 향했지만 일부는 스웨덴, 노르웨이, 덴마크, 네델란드 등 북유럽 가정으로 입양되었다. 현지 양부모의 사랑을 받으며 양육되어 어언 4반세기가 훨씬 지나서 성인이 되어 뿌리를 찾는 모습으로 이들이 일시 귀국하며 가끔 보도되는 것을 듣고 보며 우리의 어려웠던 과거가 상기되어 애틋한 마음이 들곤 한다.

여기서 2012년 후반기에 국제회의 참석차 한국을 찾은 여자 입양아 출신 프랑스 정부 디지털장관 플뢰르 펠르랭(Fleur Pellerin) 씨 이야기를 인용하는 것으로 해외 진출한 우리 교민들 이야기를 마무리하고자 한다. 그는 이미 중년이 된 프랑스 정계의 영향력 있는 정치인으로 한국 이름이 김종숙 씨인데 어린 시절 생부모와 떨어져 프랑스 가정으로 입양되어 프랑스 어린이로 성인이 될 때까지 양부모의 돌봄에 힘입어 교육을 잘 받고 프랑스 정계, 사회당에서 인정받는 유력인사가 된 것이다.

그가 한국에 와서 "생부모를 찾는다"는 말 대신에 고국이 세계적인 IT강국이 되어 있는 현실에 자긍심을 느끼는 듯 프랑스 내각에서 "그가 담당하고 있는 디지털분야 발전에 상호협력을 강조하는 것"을 듣고 혈통에 대한 향수만이 아니고 현실적인 국제협력교류를 통한 하나의 세계를 지향하는 차원 높은 자세라고 생각되었다.

고아, 입양아 같은 불우한 어린이들이나 힘든 현지생활을 하고 있는 청소년들의 어린 시절 삶에 대해 개인적으로 일시적인 동정심을 느끼는 데 그치지 않고 우리들 자신이 동포로서 국내에서 감싸며 함께 살지 못하게 된 회한을 나라사랑 동포사랑으로 끌어안을 수 있도록 훌륭한 조국을 세워나가야 되겠다는 결심을 새로이 하는 계기로 삼아야 할 것이다.

제2부
국위를 선양한 국제적 멘토들

한국을 빛낸 UN 반기문 사무총장과 세계은행 김용 총재
민족의 얼을 고양한 두 재미 태권도 사범 이준구, 신재철 씨
조국을 사랑한 군인들과 극기의 등산가들
한·중·일 공통 상용한자 지식과 성서의 중요성을 일깨운 선각자(先覺者)들
오지 선교사 두 분, 노 여의사의 생애와 기독실업인의 간증
국내외 한국 예술인들의 업적과 활동
국내외에서 사업개척에 매진한 Y, C, H, S, C씨
세계적인 대기업 발전에 공헌한 만학의 K, L공학박사
자신의 학문세계를 개척한 유망과학자 C, K, L박사
한류와 한국인의 우수성을 세계에 알린 영화인, 젊은 H작가와 K영화감독

이상 제1부에서 우리 민족이 나라의 위기 가운데 해외이민으로 시작된 불행한 역사를 겪으면서 나라를 잃었다가 8·15광복 후 남북분단과 6·25전쟁을 치르면서 가족이산과 민족이 분열되어 오늘날까지 남북 대치 상태가 계속되고 있는 뼈아픈 현실을 우리 모두가 직시할 필요가 있다.

7천만 민족 가운데 6천만 인구가 남북으로 갈라져 살고, 잔여 7 백만이 넘는 동포후예들이 세계 여러나라에 흩어져 살고 있는데 그 후손들이 더욱 번성할 수 있도록 체재국과 고국 간 국제교류 차원에서 상호이해와 협력이 유익할 것이므로 국내외 우리 젊은 이들이 고국의 현대적인 발전 사실과 현명한 생활자세를 잘 이해 할 수 있는 본보기로서 그간의 한국의 발전을 주도해오신 국내외

인사들 중에서 훌륭한 멘토가 될 만한 분들의 이야기를 각 분야
별로 간략히 아래에 기술한다.

　각 분야에서 이룬 선인들의 분야별 성공사례들과 그 뒤에 숨어
있는 특기사항으로 도움이 될 만한 대표적인 것과 세상에 덜 알
려져 있지만 유익한 교훈이 될 수 있는 분들의 이야기를 선정하
여 차례로 정리해본다.

　한국의 국격 향상을 반영하듯, 근년에 국제기구 수장이 되신
분들, 해외에서 민족의 얼을 고양한 분들, 조국을 위해 생사를 초
월한 애국군인들, 세계적인 등산가들, 오지 선교사, 어느 노 여의
사와 기독실업인의 헌신, 자신의 예술세계를 일으켜 세운 분들,
특이한 착상과 노력으로 국내외에서 사업을 성공적으로 개척한
분들, 새로운 학문세계를 발전시키고 있는 젊은 석학 세 분, 한류
와 한국영화를 통해 한국인의 우수성을 세계에 알린 국내 영화
인, 한인 2세 작가와 영화감독의 이야기를 차례로 소개한다.

한국을 빛낸 UN 반기문 사무총장과 세계은행 김용 총재

 2차 대전 후 UN 설립 이래 첫 아시아 출신 사무총장으로 버마 (미얀마) 출신 우탄트(U Thant, 1961~1972) 씨에 이어 역사상 두 번째 동양인 출신으로 선임되었던 반기문 사무총장이 새 5년 임기를 중임한 바 있다. 러시아를 포함한 안보리 5대 상임이사국들과 남미그룹을 포함한 전체 회원국들의 만장일치 찬성으로 2012년 초부터 5년간 연임하게 된 것이다. 다른 한 분은 세계은행의 새 총재로 선출된 김용 미국 전 다트머스(Dartmouth) 대학교 총장이시다. 이분들에 대한 일상적인 일화보다는 근래 이 분들의 동정을 중심으로 알려진 사실을 아래에 요약한다.

 먼저 반기문 UN사무총장이 두 번째 임기 연임에 성공한 배경을 관찰해보자. 이는 그의 품성과 1차 임기 중 활동이 주요 회원국을 위시한 전체 회원국들로부터 긍정적인 평가를 받았던 데 있다고 본다. 즉 세계 각 지역의 분쟁 문제 해결을 위해 적극적으로 관여하고 좋은 결과를 위해 지속적으로 노력하여 온 점이 부각되었을 것이다. 또한 종래 세계 5대륙 출신의 자격 있는 분들 가운데서 매번 순차적으로 선임하는 관행에 따라 마침 아시아 지역으로 배당이 되었고 넓은 이 지역 국가들 가운데 우리 한국이 남북 관계 등 복잡한 지정학적 위치에 처해 있음에도 불구하고 선발 개발도상국으로 선진국 진입을 앞에 둔 성공적인 민주화와 경제 발전으로 주변의 주요 국가들로부터 긍정적인 평가를 받고 있었던 점, 그리고 반 총장 자신이 한국의 상공부 장관(이하 당시 외교통상부 장관)이던 한승수 씨가 지역배당에 따라 UN총회 의장으로 근무할 당시 의장 비서실장으로 UN본부의 많은 인사들과 교분을 잘 쌓은 인품도 작용하였을 것이다.

2011년 상반기에 그의 연임을 위해 지지를 호소하는 운동으로 볼 수도 있지만 그가 한국인으로서 조국의 통일, 이에 앞서 한반도 비핵화를 위한 세계평화의 정착을 위해서 북한 통치자 김정일을 면담할 용의가 있다고 발표한 것이 세계평화를 위해 힘쓰고 있는 모습으로 보였다. 이러한 그의 태도는 경제적인 낙후와 인민생활의 피폐 가운데 오로지 핵 보유와 군비 확충으로 체재 유지를 위한 세습집권으로 공의에 반함에도 불구하고 정권 장악만이 살 길이라고 착각하는 북한의 지도층들 및 군부에게 경종을 울리려는 국제기구 수장의 책임감에서 나온 행동이라 하겠다.

2013년 9월 24일 오바마 미국 대통령의 UN총회 연설 후
악수 교환하는 반 총장

김용 세계은행 총재 UN총회참석(미 대통령 우측)

　북한이 UN 회원국인 이상 국제조류와 시대적 사명을 올바로
인식하도록 깨우쳐 줄 책임은 세계 각국의 지도자, 특히 우리나
라 정치지도자들부터 솔선수범해야 될 일이라 하겠으며 개인적
이고 눈앞의 정치적인 이해관계에 집착하는 좁은 안목을 버려야
될 때라고 생각된다. 사실 역대 한국의 지도자, 정치인들 중 많은

분들이 종래 북한의 지도자로 군림하던 김일성, 김정일 부자를 방문, 면담하고 당장 화해무드 속에 국민들에게 통일 환상을 심어주며 그 정치적 목적을 추구한 것을 보아왔다. 애국적 동기를 가지고 있었으리라고 인정되는 분들 가운데서도 진지하지 못한 상대방 당국자들에게 이용당한 결과를 초래하고만 것이 사실이다.

반 총장은 한국인으로서 국제적으로 책임 있는 직분을 가지고 고국을 위해 일생일대에 최선을 다 해보려는 진의를 가진 것으로 보아 국가적 차원에서도 이를 적극적이고 계속적으로 지원, 격려해야 될 일이라고 본다.

다음은 미국 국적의 김용(미국명 Jim Kim), 전 다트머스대학교 총장이 아프리카 대표인 나이지리아의 옹고지 오콘조 이웨알라 재무장관을 제치고 12대 세계은행(흔히 World Bank, 즉 IBRD, IMF, IFC, MIGA 등 총괄 기구) 총재에 선출되고 2012년 7월 1일부터 5년 임기가 시작된다고 4월 16일 25명으로 구성된 세계은행 집행이사회에서 발표하였다. 이 자리는 창설 60년 이래 미국과 서유럽 간 합의로 미국인사가 맡아왔는데 지난해에는 성추문으로 IMF 총재직을 박탈당한 프랑스의 도미니크 스트로스 칸 씨가 근무한 바도 있었다. 새로운 국제경제 질서하에 중국을 비롯한 신흥국들 즉 브릭스 국가들이 세계은행 차기 총재후보자를 단일화할 움직임을 주시한 미국이 시민인 한국 출신의 김용 전 다트

2013년 9월 러시아 상페테스브르구 G20 정상회의 '성장과 세계경영' 주제
회의 각국 정상과 함께 UN 반기문 총장과 세계은행 김용 총재도 참석.

머스대학교 총장을 추천하게 된 것이다. 세계은행에서 투표권이
가장 많은 미국에 이어 유럽, 러시아, 일본 등 주요 국가들이 지
지하게 되어 2012년 6월 신임 세계은행총재로 선출되었다.

　이와 같이 그의 선임을 위해 다수의 지지를 이끌어 내는 과정
에서 김용 총재후보자가 세계은행에 한 번도 몸 담은 적이 없는
'아웃사이더' 라는 점에서 그의 지도력에 의구심을 나타내는 분위
기도 있었으나 그는 미국 시사주간지 『TIME』이 뽑은 '세계에서
가장 영향력 있는 100인', 『US News & World Report』의 미국 최고
지도자 25인에 선정된 점등 리더십을 인정받은 바 있고 개도국의
에이즈와 결핵 퇴치 등 보건전문가로 국제보건 및 개발 분야에
폭 넓은 경험을 쌓았다. 그는 하버드 의대 교수와 국제보건, 사회

좌측부터 전혜성, 고홍주, 김용 총재, 고 강영우 박사

의학과 학과장으로 재직한 뒤 2009년 다트머스대학교 총장에 선출되어 봉직하여 왔다. 김 총재의 경력은 보건의료의 집중개발과 원조 분야로 보건차원에서만 접근하였던바 이는 정계와 경제계, 법조계 출신 전임총재들과 구분되는 점이 사실이다. 버락 오바마 미국 대통령도 10여 후보군을 놓고 세계은행 총재 후임지명에 상당한 고심을 하였으나 김 총재의 위와 같은 능력과 경험에 끌려 낙점한 것으로 알려졌다.

이는 한국이 최근 반세기만에 빈곤국으로부터 급속한 경제개발을 통하여 선진국에 가까운 발전을 이룩한 경험을 접목하여 이 분은 실제로 한국 혈통의 미국 시민인 만큼 세계은행 총재로서 회원국들 중 개발도상국들의 발전에 큰 역할을 할 수 있을 것이라는 많은 국가의 기대도 작용한 것으로 보아 틀림이 없을 것이다.

김용 세계은행 총재가 최근 말한 것으로 보도된 어린 시절에 그가 일상 들어 온 이야기, "어머니는 늘 '위대한 것에 도전하라' 고 하셨지요. 나의 꿈은 마틴 루터 킹처럼 세상의 불평등을 없애는 데 기여하는 것이었습니다."(김용 세계은행 총재)

그 외에 재미 한인 성공사례로 꼽히는 몇 분의 말을 부언함으로써 우리 젊은이들이 나가야 할 방향을 제시하고자 한다. 즉 "실력은 기본입니다. 인격과 헌신이야말로 세계화 시대를 앞서가는 인물로 성장하기 위해 갖춰야 할 덕목입니다."(강영우 전 백악관 국가장애인위원회 정책차관보)

"인간성이 결여된 엘리트주의는 사회의 리더를 만들지 못합니다. 자신의 풍족함이 아니라 다른 사람들에게 베푸는 것이 강조되어야 합니다."(전혜성 전 예일대 교수)

김용 전 다트머스대학 총장이 세계은행 총재로 선임되면서 국내 학부모들 사이에 '글로벌 인재는 어떻게 만들어지는가'에 대한 관심이 높아지고 있다.

김용 총재를 비롯해 얼마 전 작고한 강영우 전 백악관 장애인위원회 정책차관보, 그리고 형제지간인 고경주 미국 보건성 보건담당차관보와 고홍주 국무성 법률고문, 전혜성 박사 등 한국계 미국인들이 그 관심대상이다.

『인재혁명』의 저자로, 한국 교육계가 나아가야 할 방향과 실천전략을 제시해온 조벽 동국대 석좌교수로부터 이들을 모델로 한

글로벌 인재론을 들었다. 그는 미시간공과대학에서 20년간 교수로 재직하면서 '교수를 가르치는 교수'라는 별칭을 얻었을 만큼 교수법의 권위자다. 조 교수는 "김용 등 한국계 미국인들의 눈부신 성공은 국내에서 근년에 많이 약화되긴 하였지만 '인성교육'을 소홀히 하지 않은 한국 부모들의 교육열과 미국의 열린 교육 시스템이 서로 시너지효과를 일으켜 만들어낸 결실"이라고 말했다. 그 점에서 우리 교육의 새로운 방향도 찾을 수 있을 것 같다.

민족의 얼을 고양한 두 재미 태권도 사범
이준구, 신재철 씨

세계 각국에 많은 한국 태권도사범이 진출하여 있으나 그 사령 탑 역할을 오래전부터 담당해온 두 한국 태권도 사범 즉 워싱턴 DC에 일찍이 태권도를 알린 Grand Master Jhoon Rhee(이준구 사범)와 필라델피아에 정착한 Grand Master Jae C. Shin(신재철 사범), 여기서는 대표적인 이 두 분을 기술하기로 한다.

1. 워싱턴 정가의 작은 거인 이준구 사범

태권도에 입문한 지 65년, 미국에 온 지 반세기가 넘어 잘 알려 진 미국 태권도계의 대부 Grand Master Jhoon Rhee(한국명 이준구 사범)는 DC지역에서만 50여 년 거주하며 연방의원들 350여 명을 그 제자로 두었고 자라나는 청소년들에게도 동양철학에 기초를

이준구 사범(우측)이 이소룡과 대련하는 모습

이준구 사범과 반기문 총장 일행

레이건 대통령과 이준구 사범

둔 심신수련방법으로 미국 사회에 큰 공헌을 하여 한국이 미국에 준 큰 선물이라는 칭송을 받고 계신 분으로 레이건, 부시 두 대통령의 고문으로 활동하였다.

그는 태권도를 단순한 체력 연마의 차원이 아니고 워싱턴 정가가 무대가 된 과거 수십 년간 한국과 미국 간의 외교채널로서 워싱턴에 부임한 역대 한국 대사들을 미국 정계 거물들과 연결해주는 등 현지외교에 큰 도움을 주었으며 또한 여러 해 전에 반기문 씨가 주미공사로, 그 뒤 UN총회 의장(한국측 한승수 전 장관 담당)의 비서실장으로 근무할 당시에도 도움을 준 바 있어 UN 외교가에 그를 알리는 중요한 기회가 되었다.

미 · 소 우호관계 증진공로로 소련으로부터 수상

이 사범은 고르바초프의 개방정책이 시작될 무렵, 미국과 소련 간 동서 해빙무드 등에도 미국 시민으로서 대 소련 태권도 교류를 통해서 국제정치적으로도 큰 영향을 미친 이 시대의 작은 거인이다. 즉 2007년 4월에 미소 우호관계 증진에 이바지한 공로로 Moscow World Peace Award를 수상한 바도 있다.

1945년 2차 세계대전 종전과 함께 8 · 15 광복에 이어 1950년 발발된 6 · 25전쟁 및 휴전을 거치는 동안 수원에서 초등학교를 마치고 만 13세 나이에 서울로 중학교에 진학한다. 어렸을 때부터 배우려던 태권도를 가르치는 서울 청도관에 들어간 것이 그의 태권도 인생의 시작이 된다. 6 · 25전쟁 기간인 1951년 12월부터 1952년 2월까지 한겨울의 혹한 속에서도 고생을 하면서 강원도 금화지구 미군 보병사단에 통역(당시 어린 나이에는 흔히 House

Boy라고도 불림)으로 잠시 생활하다가 1952년 초 한국군에 입대하여 철원 101포병부대로 배속되었다가 1953년 3월 간부후보생으로 재입대하여 7월 포병 소위로 임관되었다. 군 복무 중에 부대 안에 상무관을 개설하여 태권도를 가르치게 된다.

그 뒤 1956년 6월 육군항공정비 교육장교로 텍사스 미군기지에서 6개월간 교육기간을 보내게 되어 미국 방문의 꿈이 실현되었다. 이를 마칠 때까지 열심히 참석한 현지 교회로부터 귀국 직전 미국 유학의 재정 보증인을 만나게 되어 1958년 Southwest Texas State Teachers College in San Marcos로 유학길이 열리고, 이전의 육군 대위가 아닌 유학생으로, 그곳 장교식당에서 접시닦이로 고학하는 처지로 바뀌게 되었다

열세 살 때부터 익힌 태권도가 길잡이가 되어 5개월째 되는 1958년 4월에는 이 대학에서 경이로운 태권도 시범을 보인 후, 학생 6명으로 태권도 클럽의 문을 열게 되었고 1960년에는 엔지니어 상급과정 수학 차 당시 린든 존슨(Lindon B. Johnson) 대통령의 모교인 University of Texas Austin으로 간다.

1962년 5월에는 워싱턴 미 국방성 무술사범 모집계획이 중도 취소되는 바람에 이에 응모하려던 계획을 바꾸어 주미 한국대사관 박보희 무관의 소개로 대신 YMCA 사범으로 워싱턴 DC에 자리 잡게 되었고 한 달 뒤 박 무관으로부터 400불을 빌려, "준 리

태권도장"을 처음 개설하였는데 당시 정일권 주미대사의 축사가 있었고 황재경 목사의 〈미국의 소리〉 방송에도 중계되었다. 2년 뒤에는 근교 하잇스빌, 베데스타, 버지니아 지역까지 4개의 도장으로 확장되었다. 여기서 그가 즐겨 인용하는 미국 속담을 소개한다.

"기적"은 행운이 아니고 인간적이고 성실성을 가진 부단한 노력에 대한 "신의 선물"이다.

If your dream is long enough and strong enough, the dream will become a reality sooner or later (너의 꿈이 충분히 길고 크다면 조만간 실현될 것이다)

Miracle doesn't happen miraculously.
(기적은 결코 기적적으로 일어나지 않는다)

The miracle could become a mirage.
(기적을 감사하지 않고 교만하면 신기루로 변할 수 있다)

동양의 성인 공자도 "그늘이 있는 곳에 덕을 쌓고 때 맞추어 내리는 단비와 같이 은혜를 베풀어라. 그러면 하늘이 복을 주리라"라고 말씀하였다.

10여 년 세월이 흐른 뒤 1976년 미국 독립 기념 200주년 행사에 229명의 태권도 학생으로 Human Stars and Stripes를 구성하여

God Bless America 태권무를 워싱턴 광장에서 선보였다.

〈God Bless America〉음악에 맞추어 워싱턴 DC등지에서 태권무를 공연하였고 평소의 그의 인품과 능력에 대한 좋은 평판으로 이준구 사범은 1983년에는 미국 독립기념일 행사 준비위원장으로 피선되어 쟁쟁한 미국인 위원들과 함께 성공적으로 행사를 마치었다. 그가 진실한 마음으로 미국을 사랑하고 미국에 봉사하는 마음으로 노력하고 집착해온 것이 인정되었고 미국 사회가 그를 얼마나 사랑하고 있는지를 다시 한 번 보여주게 된 것이었다.

다시 1989년 12월 16일 역사적인 모스크바 "미ㆍ소 친선 예술 대회"에 워싱턴 Film 사장 Charles Southerland 초청으로 Jhoon Rhee 태권도와 태권 발레(Ballet)를 공연하여 갈채를 받고 소련 땅에도 태권도를 보급하는 계기가 되었다. 이 예술대회에서 미국과 소련이 세계를 위해 공동의 노력을 해 나가자는 메시지를 담은 그의 공연은 카자흐스탄과 같은 나라에서 사는 고려인들에게 조국을 일깨워 주는 계기가 되었다. 이준구 사범이 그곳에서 만난 박 아카니 씨에게 "자신은 미국에서 크게 성공하였지만 결코 고국인 한국을 한시도 잊어본 적이 없다"고 말했을 때에 그녀는 "스스로 고국어도 잊어버리고 문화도 잊고 역사도 모르고 지내는 자신이 한없이 부끄러울 뿐"이라고 하여 이준구 사범이 "우리가 해외로 떠나와 살게 된 것은 하나님의 뜻으로 생각하고 생모, 양모를 모두 사랑해야 되는 삶을 살아 나가자"고 대화하였다고 한다.

이 사범은 2003년 6월 28일이 DC로부터 Jhoon Rhee's Day로 지정되어 큰 환영행사를 받았는가 하면 심장판막증 수술을 받은 일도 있으나 그동안 80여 년 인생을 살아온 그분은 태권도의 Grand Master로 미국 대통령 고문이라는 직함보다도 TRUTOPIA로 알려진 10021운동으로 세계적인 봉사 목표를 이루어 나가고자 노력하고 있다.

이 TRUTOPIA운동은 2007년 4월 4일에는 UN에서 각 국 대사들을 대상으로 태권도 철학으로 강연회를 가진 바도 있다(Jhoon Rhee 저 2011, Hope of Healing the World, "TRUTOPIA", The Taekwondo World 내용 참조). 실질적인 이 운동의 추진체인 10021클럽은 100여 년의 지혜가 깃든 21세기에 젊음을 유지하고자 하

왼쪽부터 이수성 국무총리, 딸 미미(MEME), 이준구 사범, 엄운규 국기원장, 김정길 대한태권도협회 회장, 2002년 3월 4일 서울 Marriot 호텔에서 열린 '10021 CLUB TRUTOPIA' 설립 컨퍼런스에서

는 국제지도자들의 모임이며 인류의 오늘과 행복한 미래를 위해서 사상 대립, 이해 대립, 감정 대립을 해소하기 위해 진리 터득, 마음의 미덕 발휘, 사랑의 정신을 발휘하자는 세 가지 영역의 운동을 전개한다. 사람과 사람, 계층과 계층, 국가와 종교 등 벽을 허물고 손을 맞잡고 화합하여 하나된 인류공동의 가치 즉 진실, 아름다움, 그리고 사랑의 절대 가치를 실현키 위해 "신체에는 건강" "마음에는 양심" 그리고 "머리에는 지식"을 3대 인격 요소로 형성되어야 한다는 운동이다.

신 사범의 뒷발돌려차기(1955년)

1965년 신사범과 척 노리스
(오산 공군기지 복무시)

2. 필라델피아에서 노스캐롤라이나까지
신재철 사범

신재철 사범은 1936년 한국에서 출생, 소년시절부터 무술연마에 관심을 가지게 되어 1956년 고려대학교 입학 후 서울무덕관의 태권도 초단보유자로서 학교, YMCA, 경찰 및 군기관 등지에서 이미 태권도를 가르치기 시작했다. 재학 중 공군에 입대하여 1958년부터 미군을 가르치는 사범생활을 계속하여 1968년 도미할 때까지 10년간 정치학 전공으로 학사 및 석사과정을 마치는

세계당수도연맹(World Tang Soo Do Association: WTSDA)

한편 공군 전역 후에도 미 5공군사령부(오산기지)에서 미군들을 상대로 태권도를 가르쳤다. 미군 장병들을 지도하던 제자들 중에 액션 스타 척 노리스(Chuck Norris)와 미국 본토로 귀환한 제자들 초청으로 도미하여 처음에는 필라델피아 지역 대학캠퍼스 경비원으로 취직하였으나 곧 태권도장을 열어 그의 후배 사범들도 한국으로부터 계속 초청하여 많은 도장을 열어 운영케 하는 등 약 40여 년을 미국에서 뿌리를 내리고 활동하신 분이다.

신 사범은 1968년 U. S. Tang Soo Do Federation을 Burlington, N.J.에 설립한 이래 미국 내외로 그 조직의 확장이 필요하게 되어 1982년 11월 13일 12개 회원국을 구성원으로 세계당수도연맹(World Tang Soo Do Association: WTSDA)을 창설하고 Charter Convention으로 그가 Grand Master로 취임하였다.

그의 현지 제자들로 미국 각처에 산하 태권도장을 운영케 하고 멕시코, 여타 중남미 국가 등 범세계적으로 태권도 보급을 강화하면서 책자 및 DVD를 제작하여 통신교육과 홍보를 계속하였다. 한편 매년 미국 내 각지는 물론 인근 중남미 지역 각종 태권

신재철 사범 동상과 당수도본부 건물

도 행사 및 유단자 심사대회를 주재하는 등 활동하였다. 참고로 2011년도 대륙별 Masters Clinic&Championship 일정은 European Masters Leadership Clinic&Championship과 European Ki Kong Clinic은 네덜란드에서 10월 17~18일, 10월 18~21일에 각각 개최하였고, Latin American Masters Clinic은 2011년 12월 6~12일에 아르헨티나 마르 델 플라타(Mar Del Plata)에서, USA Master Clinic은 2012년 3월 22~25일 플로렌스(Florence AL)에서 개최할 계획을 가지고 있었다.

이외에도 태권도 전도사로서 중국 등 동남아는 물론 아프리카 지역으로도 점차 그의 활동무대를 넓혀 나가고 있어, 한때는 미국 내 체재보다 외국에 나가 있는 경우가 더 많았다. 청년시절부터 자신을 이기는 극기와 각고만으로 이룰 수 있는 태권도에 일생을 전념해 온 신 사범은 연세가 어언 70대 후반이 된 2011년 현재 세계당수도연맹(WTSDA)의 Grand Master 취임 20주년의 기념비적인 회관 건설을 위하여 드디어 5월12일 기공식(Breaking Ground)을 노스캐롤라이나 그린즈버러(Greensboro) 콜로세움에서 가진 바 있다.

그가 30년 전 주도적으로 설립한 WTSDA의 30주년이 되는 2012년에 신축한 새 본부회관에서 기념식을 가진 뒤 7월에 그 지역에서 14회 세계선수권대회를 개최하게 되었다.

여기 WTSDA 노래(Anthem)로 국제적으로 태권도 행사시 애창되는 가사 내용을 소개한다.

> From deep within the mighty mount, Flows our spirit strong, Uniting us in brotherhood, Spirit of Hwarang, Spirit of Hwarang inspire us, Spirit of Hwarang our guide, Whereever Tang Soo Man walks, Justice and Honor meet, Injustice will be thwarted, Through our hands and feet, Ah−Ah, World Tang Soo We will guard and defend World Tang Soo, Ah−Ah, Tang Soo Do, Let us shout our great name to the world.

위 당수도가의 원문은 1946년대부터 한국 무덕관에서 불러 온 김동진 작사, 조일문 작곡으로 제정되었던 한글판을 위와 같이 영어로 번역하여 WTSDA 노래로 부르고 있는데 9개 국어로 번역, 작사 후 원곡으로 애창되고 있어 합창이 가능하며 한글판 가사는 현재 한국 내에서 사용되는지 모르나 신 사범이 사용하고 있던 가사내용을 아래에 적는다.

> 태백의 푸른 기풍 샘솟는 정열, 칼보다 의를 가는 화랑의 정신, 여기 우리가 이어 여기 우리가 이어, 그 손길 가는 곳에 정의가 빛나고, 그 발길 닿는 곳에 사악 무너져, 아−아, 세계당수도 지키자 우리의 당수로, 아−아, 세계의 당수로, 그 이름 만방에 빛내자.

좁은 고국 땅에서 나아가 넓은 세계를 무대로 태권도를 전파하여 수많은 외국 청장년들의 심신단련과 수련으로 건전한 사회생활을 지향하게 하는 우리 태권도 사범들의 선도적인 역할이야말로 지덕체 일체의 정신과 참다운 인성교육으로 인류공영에도 크게 기여하는 일이라고 생각된다. 특히 미국 땅에서 거의 반세기 만에 그의 체육인생의 상징적인 세계당수도협회 본부 건물 준공 이전을 마치고 이를 기념하는 2012년 WTSDA Championship 대회를 앞두고 전 해에 발생한 자신의 급한 병환으로 초인적인 치료 노력에도 불구하고 2012년 7월 9일 세상을 떠난 신재철 사범님 명복을 여기서 깊이 빌어 마지않는다.

조국을 사랑한 군인들과 극기의 등산가들

1. 전투조종사 출신 윤응렬 장군의 이야기

6·25전쟁에 참가한 한국공군 전투조종사 출신으로 미국 샌디에고(San Diego)에서 은퇴생활을 하고 계셨던 전 공군 작전사령관 윤응렬 장군에 관해서 2010년 11월 말 국내에서 발간된 그분의 회고록 『상처투성이의 영광』 내용 중에서 그분의 동의를 얻어 발췌, 기술한다. 윤 장군께서는 1927년 평양에서 출생하여 중학교(구제)를 졸업하고 일제하 소년항공사의 꿈을 가지고 일본 육군 소년비행학교에 입학, 수료하였다.

2차 세계대전시 태평양지역 남방전선에 조종사 가미가제(자폭) 요원으로 파견되었으나 일제 패망으로 참전 직전에 살아남아 고

윤응렬 장군   김신 전대장께서 축하 화환을 걸어
주다(1952.5.29)

향인 북한에 귀환하였다. 1948년 북한공군요원으로 평양정치학
원에서 사상교육을 받던 중 탈출을 결심하고 월남하신 분이다.

바로 한국 공군조종사로 6 · 25전쟁 기간 중, 107회 출격기록을
세웠으며 1970년 소장으로 예편되고 국방과학연구소 부소장과
코리아 타코마 사장을 역임한 뒤에 30여 년의 세월을 미국, 영국,
프랑스, 이태리 등의 군수산업체를 상대로 애국적이고 양심적으
로 최신 무기의 국내도입을 주선하였다. 현재 87세의 노년이신
윤 장군은 젊은 조종사로서 6 · 25 직전에는 옹진전투, 지리산 및
영남지구 공비토벌에 참여하였고 전쟁 중에는 F-51 무스탕전투
기를 몰고 승호리철교 폭파, 351고지 폭격을 포함한 107회 적진
출격의 공로로 을지무공훈장, 미국수훈항공십자훈장, 미국비행
훈장을 받은 바도 있고 특히 역사적인 해인사 팔만대장경 보호
작전에도 직접 참여한 바 있다.

1965년 공사 임관식에 박 대통령(중앙)

1967년 신임 윤응렬 사령관(단상 중앙 좌측)

8 · 15해방과 더불어 창군 이래 군인생활을 하는 동안 헌신적인 조종사로서 생사를 넘나든 참전 경험과 후배 조종사 양성에 진력하였고 1960년대 중에는 주불 한국대사관 공사로서 두 차례에 걸쳐 약 7년간 근무 중 동백림 윤이상 간첩사건 처리 등 역사적인 현장을 직접 체험하였고 귀국 후 공군에 복귀하여 공군사관

46년만에 옛 상관(윤 장군 우측)께 경례하는 필자(좌측)

학교 교장, 작전사령관 등 요직을 거친 후 경력으로 보아 공군의 최고지휘부에 자리를 잡을 만한 분이지만 여의치 않게 공군을 떠나게 되었다.

전역과 동시에 당시 박 대통령 지시로 국방과학연구소 부소장에 이어 코리아 타코마 사장으로 군 무기 현대화에 직접 · 간접으로 공헌한 바 있다. 그 후에도 미국 군수산업체를 상대로 한국 공군 현대화를 위한 효과적인 연결에 기여한 바 크다.

위 윤 장군님의 애국적인 일생에 대해 좀 더 자세한 내용은 그분 회고록 『상처투성이의 영광』(2010년 11월 발간)에 상세히 기술된 바 있고 그 이듬해 필자가 옛 상관이었던 윤 장군과의 면담을 통해서 확인된 바 있다.

2. 국립현충원에 묻힌 신상철 장군과 신호철 대위

서울 동작동에 있는 국립 현충원(서울 제1국립묘지, 대전 제2 국립묘지)은 미국 워싱턴 DC의 알링턴(Arlington)국립묘지와 마찬 가지로 국가를 위해 헌신, 순국한 분들의 성스러운 묘역이다. 고 국에서도 초대 이승만 대통령을 비롯하여 유명을 달리한 여러 대 통령 내외분을 함께 모신 묘소도 있고 희생자가 가장 많은 군인 출신은 계급, 매장 순서에 따라 묘역이 구분, 배치되어 있고 6 · 25전쟁은 물론 월남 참전용사들과 이라크 등 평화유지군으로 복 무 중 해외로부터 운구되어온 유해들도 가지런히 누워 있다.

1950년대부터 1970년대에 이르는 한 시대를 같이 살다가 각기 세상을 떠난 두 주인공이 이야기를 기술한다. 위 윤 장군과 같은 세대인 신상철 장군에 대해서 일제치하 제1고보(현재의 경기고) 동급생인 체미 중의 윤영선 씨에 의하면 그 무렵 하늘을 향한 비 행사의 꿈을 가지고 있었는데 그 후 일본에 가서 육군사관학교를 나오고 2차대전이 끝나 조국이 해방되어 국군 창설시 합류하여 육군항공대 소속 장교로 임관되어 6 · 25전쟁 기간 이미 청년장 군으로서 참전, UN군의 인천상륙작전에 뒤이어 평양에 입성, 북진하였다가 중공군 등 적군의 포위망 속에서 당시 7사단장으 로서 구사일생으로 생환하였다. 많은 부하장병의 희생에 대한 책임으로 이승만 대통령으로부터 근신처분을 받고, 공군으로 전

1950년 10월 평양 수복시 유재흥 장군과 신상철 장군(우측)

임되었다.

그 뒤 공군사관학교 교장으로 7년간 봉직하며 진해에서 서울로 공군사관학교(지금은 다시 청주로 이전하였고, 그 터는 현재 보라매병원이 되었음)를 이전, 완공하여 공사 발전에 크게 기여한 바 있고, 공군본부 행정참모부장, 국방부 모 국장직을 역임하였는데 2성장군을 끝으로 군복을 벗게 되었다.

1960년대 전반, 월남전이 활발히 진행되던 시기에 주월 한국대사로 부임하여 7년 이상 근무하였다. 군 경력상 전형적인 승진가도를 달리지 못하고 중도 하차하게 되었지만 국가를 위한 봉사의 길은 여러가지로 있을 수 있다는 실예가 되었다. 군 전역 후 사이공(오늘날의 호치민시)에 현지 부임한 신 대사는 북쪽의 월맹 공산군이 산악루트를 통하여 월남으로 침입, 공격을 하게 된다. 구정공세를 전후하여 전면전 양상으로 전개되자 미국의 군사개입이 본격화되고 미국이 우리 정부 측에 요청한 국군의 월남파병이라는 우리 역사상 첫 해외파병을 당시 박정희 대통령이 결단하는데 당시 현지 주재대사로서 일조를 하게 된다.

그는 1968년 베트콩의 구정공세 때 외교관 신분이라 평복을 입고 한국대사관 근처에서 총격을 가하는 당시 베트콩(정규? 월맹군)을 살피며 경계를 지휘하던 모습이 뉴스에 나온 것을 본 많은 사람들이 생사를 초월한 듯한 의연한 자세가 군인 지휘관 경력에서만이 아니고 국가위신을 세워야 되는 외교관 신분에서 비롯되었을 것이라고 평하였지만 그분 자신은 내심 얼마나 그 순간이 당혹스러웠을 것인가를 모두 생각하였다고 한다.

신 대사는 그 후 스페인 대사, 국회의원, 그리고 체신부 장관직을 역임하고 연만하여 80세 넘도록 은퇴생활을 하시다가 지금은 유명을 달리하여 대전 현충원 국립묘지에 안장되어 있다.

과거 낙후된 국가현실 가운데 1961년 5·16 군사혁명 후 본격적 경제개발계획의 착수와 능률적인 행정으로 국가 발전에 박차를 가할 수 있었던 것은 민주화 억압, 인권시비 논란에도 불구하고 결론적으로 어쩔 수 없는 민족의 선택이었다고 보는 이들이

2007년 8월 대전 현충원 신장군 묘소

많다. 역사상 첫 해외파병으로 국립묘지 월남참전용사 묘역에 오늘날 많은 우리 젊은이들이 유명을 달리하여 누워 있게 되었으나 이러한 희생이 당시 우리나라 국방력 강화와 경제 발전의 큰 축이 되었음은 누구도 부인할 수 없다고 본다.

모든 역사적 평가는 후대의 몫이 될 것이나 생전의 공적과 희생정신은 시대적인 배경과 국제정치적인 상황 속에서 이루어진 나라의 결정에 따른 것이므로 고인들이 당시 국가를 위한 애국심으로 행한 멸사봉공은 우리 모두가 추앙하여야 될 일이라 하겠다.

다음 젊은 신호철 중위(필자의 사촌동생)는 1963년 3월 육군사관학교 19기로 임관 후 교관요원으로 서울대학교로 학사편입(물

1964년 육사 방문시   1962년 신호철 생도와 신재철 사범
신 사범과 신 중위 형제분

리학 전공)에 이어 석사과정을 밟던 중 월남 파병이 시작되어 확
실한 군인의 길로 매진하기 위해서 월남참전을 결심한다. 이미
받은 유격훈련 과정에 이어 공중낙하훈련 기록을 쌓아 가던 중
1966년 10월 26일 밤에 육사동기생 홍현기 중위(의장대 소속)와
함께 한강 상공에서 돌풍에 휘말려 낙하산이 펴지지 않아 물에
빠져 숨지는 안타깝고 아까운 운명의 주인공이 된다.

　앞서 국내 경제사정이 어려울 때 그가 서울 용산고교를 졸업할
무렵 가정형편이 어려워 진학을 위해서 해군사관학교와 육사에
응시하고 서울공대 지원을 주위로부터 권유받았지만 이를 단념
하고, 특차인 사관학교에 합격한 후 직접 국가를 위한 길로 나가
기로 결심하고 해사와 육사를 비교하다가 좀 더 넓은 육군의 길
을 택한 것이 같은 연배(동기)들보다 앞서 세상을 떠나게 된 연유

서울 국립현충원 신호철대위 묘비

가 되었는지 모르겠다.

못다 편 나래

   – 어느 날 국립묘지에서 김성옥 시인 지음

사람살이에
누군들 뜻이 없으련만
태릉에서 임관한 그는 선택부터 군인의 길

유격훈련에서
공수훈련으로
젊은 가슴은 끓고 눈빛은 빛난다

그의 25시
땀과 맥박을 웃도는 거친 숨결 속에서
어느 곳에도 넘쳐흐르던 조국애의 불길

베트남 전선으로

그리고 한 줄 그어 두 동강 난
휴전선 전방으로 같이 뛰고
닦아 온 구리 빛 동기들과
함께 하고 싶었네

1966년 10월 26일 밤
C-26에서의 자신의 투하
보두들 날개 펴는데
그들 두 동기생은 날개 접혔네

한강이 아름다워
조국이 너무 아름다워
영원히 이곳에 잠든 이여

꽃향기
여름 햇살 그리고 가을의 바람
또 흰 눈이 펄펄 묘비를 스쳐가고

그들은
이곳에 영원히 잠든 이여
아직 끓는 눈빛으로 한반도를 지켜보고 있네

3. 현충원 사병묘역에 묻힌 초대 주월사령관 채명신 장군

1926년 11월 황해도 곡산 출신, 교사로 일시 봉직 후 월남하여
육사5기로 임관, 6·25 참전, 백골병단 등 유격전 전과, 5사단장

채명신 장군 사병묘역에 묻히다

1965년 초대 주월남 한국군사령관(4년여 복무), 유신개헌반대, 72년 중장예편 후 그리스, 스웨덴, 브라질 등 외교관생활, 2013년 11월 영면, 국립 제1현충원(동작동)에 본인의 요청에 의해 전사한 사병들과 함께 묻히다.

6·25때 첫 4년제 육사 입교한 예비역 장군 박경실(현재 81세)는 동기생 약 절반이 6·25전쟁 중 전사한 정규 육사출신으로 월

남전에도 대대장으로 참전하고 채명신사령관을 가까이서 모시며 영면하신 뒤 50일만에 "불후의 명장 채명신"(초대 주월남사령관) 회고록을 써서 역사의 뒤안길에서 오로지 참 군인으로 애국애족 하는 삶을 살다 가신 채 장군의 일화를 소개한바 있다.

참된 부하사랑을 실천하고 사후에도 옛 전우들 특히 장군묘역을 사양하고 자신을 희생한 많은 사병들과 같이 한평 묘역에서 나란히 잠 들어 그의 일생 조국을 위한 사표가 되는 삶이 무엇인가를 우리에게 가르치고 있는 것이다. 그의 묘소에는 "그대, 용사들 여기 안식하고 있음에 조국이 자랑스럽게 우뚝 서있는 것이다"(Because you soldiers rest here, our country stands tall with pride) 상판에 비문으로 아로새겨져 있다.

4. 히말라야 8,000m급 14좌의 오은선 여사와 무산소 등정한 산악인 김창호 대장

2007년 6월 1일 중앙일보에 의하면 한국의 세계적인 등반대(엄홍길 대장)는 2000년 히말라야 8,000m를 넘는 마지막 14좌 K2(8,611m)를 등정한 직후 세웠던 목표 "14+2(알룽캉 8,505m와 로체샤르 8,400m)" 중 끝으로 로체샤르 8,400m를 2007년 5월 31일 현지시간 오후 7시에 드디어 등정함으로써 세계에서 몇 번째 안 되는 위업을 이루었다고 한다. 1977년 한국등반대의 고상돈

대원이 에베레스트를 정복한 지 30년 만에 엄 대장 일행이 14+2 봉 완전 등정의 쾌거이니 그야말로 오랜 숙원이 2003년 정상 150m 앞에서 눈사태로 대원 2명 잃고 후퇴, 2006년 200m를 앞두고 기상악화로 후퇴한 이후 3전 4기 끝에 이루어진 것이라서 무엇이라 그 감격을 말할 길이 없으리라……. 세계적인 알피니스트들이 2007년 등산계절이 끝나기 전에 목표에 오르고자 노심초사하다가 대부분 돌아간 뒤에 빙벽 3,000m, 눈사태, 바람을 동반한 강추위 등 세 가지 큰 고비 등 갖은 악조건을 극복하고 하나님이 허락하신 듯 계절적인 몬순이 평년보다 늦게 도착하는 약 10일간의 호기를 틈타서 세상 끝에 서게 된 것이라 보아 숙연하여질 뿐이다. 히말라야 등반대의 한 사람 박영석 대장은 2005년 인류 최초로 산악 그랜드 슬램을 달성한 등산가인데 2011년 10월 18일 안나푸르나에서 등반사고로 유명(幽明)을 달리한 바도 있다.

2007년 5월 19일자 『조선일보』에 의하면 히말라야 산맥의 최고봉인 에베레스트(Everest, 8,848m)에 한국 실버원정대(60세~75세 노인 8명 구성원)가 도전하여 대원 3명만이 제4캠프(7,900m)에 도착한 후 정상까지 표고차 900m인 사우스콜(South Col)을 출발하여 드디어 5월 8일 김성봉 대원(66세)이 에베레스트 등정에 성공하였다고 한다. 이틀 전에는 같은 베이스캠프에 머무르며 에베레스트 남서벽 루트를 개척코자 등정을 시도하던 다른 팀의 2명(오희준 부대장과 이현조 대원)이 조난을 당하여 그 팀은 당초 계획을 취소하고 하산하게 되었다는 소식이 있었기에 이 노인 등반대의 에베레스트 등정 성공은 더욱 극적인 사실로 받아 들여졌다.

2010년 4월 27일 세계 등반사에 획기적인 기록을 세운 여성 산악인 오은선(Eun Sun, Oh)이 세계 21번째, 한국에서는 4번째로 바로 안나푸르나(8,091m) 산군의 최고봉을 끝으로 히말라야 14좌 완등에 성공한 이야기를 기술하지 아니할 수 없다. 세계에서 10번째로 높고, 최고봉인 에베레스트(8,848m)보다 등정이 더 어려운 것으로 알려진 이 안나푸르나를 포함하여 12좌(이미 등정한 에베레스트와 2번째 K-2(8,611m) 제외) 모두 무산소 등반이었다는 점은 그의 신체구조상 폐활량이 컸기 때문이라고 알려지기도 하였다.

이는 의지의 한국인, 더욱 세계 최초로 여성 등반가 14좌 완등 기록은 두말할 것 없이 세계 산악계를 놀라게 할 만한 일이다. 오 대장과 경쟁관계에 있던 스페인의 여성등반가 에두르네 파사반(36세)은 4월 13일 13좌에 올랐지만 일부 외국 언론과 함께 2009년 5월 오 대장의 캉첸중가 등정에 대해 의혹을 제기하고 있어 14좌 완등에 대한 공인절차는 본인이 주장하는 바에 따르게 되어 있고 한국 여인으로 세계 속에 우뚝 선 거사라 아니할 수 없다.

또한 무산소로 세계 최단기간 내 14좌 완등한 김창호 대장을

김창호 대장의 무산소 14좌등정 성공

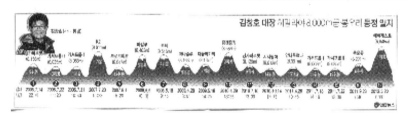

에베레스트 친환경 등정코스표

소개한다. 2013년 5월 22일『광주일보』등 국내 몇 개의 일간신문과 대한산악연맹 발표에 의하면 서울시립대 소속인 산악인 김창호(44세) 씨는 2005년 7월 14일 루팔맥 중앙 직동 루트로 낭카파르벳(8,125m) 등정을 시작으로, 김 대장 스스로 7년 10개월 만인 2013년 5월 20일 오전 9시께 최고봉인 에베레스트(8,848m) 정상에 올라 8000m급 14좌 완등의 대장정을 마무리했다. 이는 국내 및 아시아 최초의 무산소 등정의 기록이자 세계 최단기간 14좌 완등기록으로 폴란드 산악인 쿠쿠츠카가 세운 7년 11개월 14일보다 1개월 8일을 앞당긴 것이다.

국내에서 현재 히말라야 8,000m급 14좌 봉우리를 모두 오른 산악인은 엄홍길, 고 박영석, 한왕용, 김재수 대장 그리고 오은선 여인 등 5명으로 김 대장은 남성으로 5번째 완등자에 이름을 올렸고 세계적으로는 32번째로, 우리나라는 이 가운데 6명의 14좌 완등자를 배출해 산악강국임을 다시 한 번 입증했다. 그는 또 무산소로 14좌를 완등한 14번째 산악인이 되었다. 김 대장의 이번 등반을 후원한 몽벨은 김 대장의 무산소 14좌 등정이 그간 양적 성장에 치중한 한국 산악이 질적 성장으로 나아가는 전환점이 될 것이라고 평가했다.

그러나 그는 장비, 기술의 발달로 미답봉이 거의 없어진 상황에서 14좌 완등기록만큼 중요해진 것이 '어떻게 산을 오를 것인가'라는 인식이라는 의견을 덧붙였다. 무산소 등반, 고정밧줄이 없는 루트를 통한 등반, 세르파와 함께하지 않는 등반, 고난도 신루트 개척 등 위험해서 섣불리 도전할 수 없는 등반에 유혹을 느낀다는 설명이 이어졌다.

이번 등정에서 김 대장이 이끄는 원정대는 인도 벵갈만에서 콜카다까지 156km는 카약을 타고, 인도와 네팔평원을 가로지르는 893km는 자전거로, 나머지 162km는 도보로 이동, 에베레스트 베이스캠프에서 등반을 시작했는데 이번 원정에서 "From 0 to 8848"

개념을 도입해 최고봉 에베레스트까지 화석연료를 일절 쓰지 않고 오르는 '무동력, 무산소 친환경등정'을 실천해 주목을 받았다.

김대장은 처음 히말라야 등정을 시작한 이후 7,000m급 2개봉, 5,000~6,000m급 5개 봉우리 세계최초등정 등의 기록도 세웠다. 2006년 파키스탄의 가셔브룸 I(8,068m), II봉(8,035m), 2007년엔 K2(8,611m), 브로드피크(8,047m)를 연속 등정했으며, 2011년에는 안나푸르나(8,091m), 가셔브룸 I, 가셔브룸 II, 초오유(8,201m) 등 한 해 동안 무려 4개봉 정상에 오르기도 하였다. 2012년에는 네팔에 남겨진 가장 높은 미등정봉이었던 '힘중'(Himjung 7,140m)을 세계최초로 등정해 클라이밍계의 오스카상으로 불리는 '황금피켈상 아시아상'을 수상했다.

대한산악연맹 관계자에 의하면 김 대장의 최단 시간내 14좌 완등은 체력과 고산 적응능력은 물론 끊임없는 도전정신과 원정대상인 산에 대한 철저한 분석과 치밀한 준비가 선행되었고 위대한 산에 대한 외경심에 가까운 겸손한 마음가짐이 산악인으로서 밑바탕이 된 것이라고 말하는 것을 간접으로 전해 들었다. 이러한 정신이야말로 우리 인간이 갖추어야 될 덕목이라는 것을 다시 한 번 깊이 깨닫게 하는 것이다.

이외에도 다른 한 사람 박용도 노인은 환갑 나이가 된 1996년 9월 초 아프리카 킬리만자로 정상 우루피크에 우뚝 서고 칠순이 된 2007년 4월 하순에 히말라야 고도 8,000m가 넘는 14봉 중 하나인 안나푸르나봉(8,100m) 등정에 성공한 분이다. 세계적으로도 알려진 한국 등산가들이 히말라야 14봉 중 이미 10여 개를 정복하고 머지 아니하여 14봉 모두 등정하게 된다는 뉴스를 몇 년 전에 이미 들은 일이 있었지만 60세에서 시작하여 70세가 되는 노인이 세계적인 높은 산을, 그것도 두 번씩이나 등정하였다는 사실을 듣고, 등산하신 본인의 양해도 받지 않고 언급하는 것은 이분의 삶과 그 자세를 우리 모두가 본받아야 되지 아니할까 싶어서이다.

10년 전 환갑 나이에 첫 등정시 세 차례의 혼절과 생사의 갈림길을 넘나드는 난관을 극복하고 산은 그에게 "물과 같이 항상 몸을 낮추어 겸손하게 살라"고 하고, 이 등정을 통하여 "인생에서 내가 무엇이 되느냐"보다는 "어떻게 살아가느냐"가 더 중요하다는 "삶의 지혜"를 터득했다는 이야기를 들었다. 이분은 일생을 매우 바쁜 공직생활을 하신 분으로 약 40년의 봉직기간 중 골프도 별로 치지 않고 틈틈이 나 홀로 등산, 나름대로 후일 최고봉에 오르고자 준비과정으로 삼아 백두대간(白頭大幹)은 물론 "남이 안 가는 산길"을 찾아 국내의 높은 산은 거의 다 섭렵하였고, 일본의 후지산(3,774m), 동남아 최고봉이고 등정 여건이 킬리만자로와 유사한 카나발루(4,101m)에 오르기도 하였다.

한·중·일 공통 상용한자 지식과 성서의
중요성을 일깨운 선각자(先覺者)들

1. 1970년부터 강행한 한글 전용(專用) 정책에 맞서
한자 지식이 중요함을 일깨운 한국어문회

　역사적으로 한자(漢字)는 동양문화 발상지인 중국의 문자이나, 중국을 넘어 한국과 일본 등 동양 제국의 언어 속에 수천 년 이상 사용해온 결과, 특히 우리말과 일본어에는 한자로 만들어진 한자어가 주종을 이루고 있다. 한자는 그 의미가 한·중·일에 공통되는 점이 많으므로 한자를 사용하면 국제적으로 상호 소통에 편리한 점도 많은 것이 사실이다. 특히 한자는 그 구성이 마치 화학에서 원자가 모여서 분자가 되는 것과 같이 부수(Radical)가 모여 글자(Character)가 되고, 글자가 모여 단어(Word)가 된다. 또한 그 글자는 함축된 의미를 가지고 있어 두 글자 이상이 조합하여 하나의 어휘

한국어문회 박천서 상임이사(우단)와 J. Whitlock(좌측 두 번째)

(Vocabulary)가 되어 독자적인 의미를 가지게 되므로 한자어는 그 의미를 쉽게 이해할 수 있고 기억하기에도 용이한 점이 있다.

우리나라에서 한글 전용이 시행된 후에는 국어교육을 받은 소위 한글세대가 한자의 뜻을 모르고 우리말 중 70%나 되는 한자어를 한글로만 표기하기 때문에 어휘의 정확한 뜻을 알 수가 없고 문맥의 앞뒤를 살펴서 그 의미를 겨우 짐작하는 것이 고작이므로 국어의 소통력에 큰 제약이 되고 있는 것이 사실이다. 물론 고유한 의미를 가지는 순수한 우리말은 한글만으로도 완전한 소통이 되지만 그런 어휘의 수는 우리말 가운데 23%에 불과하다.

한글 전용 정책에 따른 한국어의 필연적인 파행(跛行)을 직시하고 1969년에 결성된 한국어문교육연구회(초대 회장 이희승, 2대

한자능력검정시험(한국어문회 시행)

회장 남광우)는 당국의 한글 전용 정책에 적극적으로 반대하고
동시에 한글·한자 병용 운동을 활발하게 전개하였다. (사)한국
어문회는 한국어문교육연구회의 운동을 보다 힘 있게 범(汎)국가
적으로 전개하기 위하여 1991년 사단법인체로 발족했는바, 초대
이사장 남광우를 중심으로 국어학계의 중진 학자로 이사진을 구
성하였다. 한국어문회는 어문 정책의 정상화를 위한 대(對)정부운
동에 박차를 가하는 일방, 국민의 한자 능력을 실질적으로 제고
(提高)시킬 목적으로 1991년 한자능력검정제도를 시행하였다. 한
국어문회의 검정 사업은 2000년 국내 최초로 국가 공인을 얻게
되어 일층 탄력을 받게 되고 이에 따라 국민 사이에 한자 학습 붐
이 일어났다. 한국어문회의 이러한 활동은 국어 발전에 기여함은
물론, 중국과 교류가 긴요해지는 때에 시의적절한 것으로 평가되

었다.

이와 관련하여 1990년대 중반
주한 미국대사관 정치담당과장으
로 근무하던 James Whitlock 씨를
소개하고자한다. 그는 한국어를
배우면서 한국어의 약 70%는 한
자에 기반을 두고 있다는 것을 알
고 본격적으로 한자 공부를 하기
시작하였고, 그 한자 지식으로 말

James C. Whitlock의
3개국어 사전

의 구성 원리를 통해서 한국어를 보다 쉽게 이해하고 기억할 수
있게 되었다고 한다. 당시 그는 한국 근무가 얼마 안 남은 시기에
주로 한국 실업인들이 회원인 로터리클럽의 회원으로 주례회합
에 참석해 한국말 강연을 들으면서 한국말과 한자어를 익히는 노
력을 계속하였다. 서구인에게는 한국어를 단지 암기하는 방법으
로 배우기는 참으로 힘든 일이어서 그는 좀 과학적으로 접근하여
비교적 체계적으로 공부하는 방법의 하나로 한국어 1만 개 단어
를 2,300개의 기본한자의 조합으로 분석, 대비하고, 이에 영어 어
휘를 수록하였다. 그러한 노력의 성과로 한국 주재 4년 만에 영문
명 "Chinese Characters in Korean" 즉 중국어(한자), 한국어, 영어(대
역 설명문) 해설을 붙인 3개국어 사전을 편찬하게 되었고, 한국어
구사도 가능하게 되었다. 그가 한국 근무를 마치고 그의 직업인

외교관으로서의 마지막 근무로 미 국무성 인사과장으로 전임되어 미국으로 돌아간 뒤 1년이 지나서, 은퇴를 앞두고 이 책을 한국 출판사 일조각(一潮閣)에서 출간하였다. 그에게서 세종문화회관에서 출판기념회를 한다는 초청장을 받은 한국의 지인들은 크게 감격하지 않을 수 없었다. 로터리클럽을 중심으로 한 한국인과의 교류가 이러한 노력의 일단이었음을 전혀 눈치채지 못하였기 때문이다. 그는 출판기념회 인사말에서 한국어를 배울 때 한자와는 달리 한글이 의미가 없는 표음문자였기 때문에 한국어의 대부분을 점하는 한자어의 의미를 이해하는 것이 몹시 어려웠던 경험을 회고하였다.

영국의 문호 키플링이 "동(東)은 동이고 서(西)는 서이로다, 이 둘은 도저히 만나지 못할지니…"라고 「동과 서의 노래」에서 읊은 바가 있지만 바로 이러한 장벽을 넘은 이 미국인의 기개와 개척정신을 우리 모두는 깊이 새기고 본받아야 할 일일 것이다.

2. 성경 전체 구절을 거의 암송하는 K씨

약 40년 공직생활을 마치고 현재는 70대 중반의 노년에 접어들었지만 아직도 청년시절과 같이 의욕과 자신을 가지고 심신을 건강하게 유지하며 생활하고 있는 K씨의 성경읽기에 대해 소개한다. 이분은 모 지방대학을 졸업하고 고등고시(행정고시)에 합격한 후 공무원이 되어 평생을 공직에서 근무하신 분인데 학구적이며 성실한 복무자세를 견지한 모범적인 공직자였다. 주로 노사관련 주무부서에 근무하며 지방청장을 역임하고 교육원장을 끝으로 은퇴하였는데 근무기간 중에 석사과정을 이수하고 퇴직 후에는 박사학위도 받을 만큼 끊임없는 학구열을 가진 분이라 하겠다.

인류역사상 베스트셀러이자 가장 오랜 기간, 또한 널리 읽혀진 성경책, 여기 표제와 같이 그 전체 구절을 숙독하고 수십 차례의 완독을 통하여 거의 암송할 수 있는 단계에 이른 K씨의 놀라운 노력과 기억력은 보통사람으로서 감탄할 만한 일이기에 그 경위와 의미를 되새겨 보고자 한다.

1989년 말 약 1년간 지방 근무 차 가족과 떨어져 사는 동안 신약성서를 37회나 읽고 구약을 5회 정독한 바 있고, 그 후로 20여 년 간 계속하여 성경을 숙독하였기에 그분 말대로 거의 전체 구절-때로는 100% 정도-를 암송할 수 있다는 말에 신빙이 간다.

그의 따님도 사법고시에 합격하여 법조계에 근무 중이고 부인도 선출직이나 유능한 공직자로서 아직도 활동 중인 점과 무엇보다 자신의 기억력이나 암송능력으로 보아 과장이 아닌 것으로 생각되긴 하지만 성경암송대회 같은 공식적인 기록을 수립하여 기네스북 같은 공식기록으로 등재되지 않는 이상 이를 공식적으로 인정한다는 것이 현실적으로 어려운 일이므로 100%가 아닌, 거의 암송한다고 필자가 표제를 붙인 것이다.

K씨 자신이 성서를 탐독하면서부터 많은 변화를 받았다고 하며 평소의 언행이 어쭙잖은 신앙인보다 더 신실해졌고 요즘처럼 어지러운 세상에서 일신의 안일과 쾌락을 위해 파멸을 자초하는 일이 비일비재한 세태에서 그분은 책임 있는 위치에서 도덕적으로 훌륭한 귀감이 되어 온 분이었다.

1992년 1월 16일자 『국민일보』에는 그분 기사가 크게 났는데 "노사분규 성경지혜로 푼다"라는 인터뷰 기사였고 이를 읽는 이들로 하여금 과연 성서가 어떤 책이라는 것을 받아들이게 하였다. 이분 담당업무가 노사분규 조정 해결, 근로환경 개선 등 노사 양측의 이해와 협조를 이끌어 내어야 되는 일로서 성서의 의미를 되새기고 스스로를 반성하고 양보하는 화애정신을 실천하는 것이라는 점이 무엇보다 강조되어야 한다는 면에서 그분의 성서읽기와 실천운동이야 말로 민주복지국가의 토대를 구축하는 일이라 아니할 수 없다.

앞으로 그분 여생의 계획은 영문판 성경 전체를 독파하는 것은 물론 이를 암송할 정도로 숙독하고 이해하여 범세계적 성경읽기 확산운동을 위한 전도사 역할도 담당할 정도가 된다면 글로벌시대에 큰 일익을 맡아 추진하는 의미 깊은 일이라 생각된다며 결코 과장이 아닌 자기성찰의 자세요, 후배들의 앞날에 좋은 길잡이가 되는 결심이자 훈도라고 새삼 느끼며 이분 소개의 글을 마친다.

오지 선교사 두 분, 노 여의사의 생애와
기독실업인의 간증

1. 남부 수단의 이태석 신부의 삶과 영성

남부 수단의 작은 마을 톤즈는 이태석 신부가 2001년 12월부터 2010년 1월 선종할 때까지 가난과 내전 가운데 살던 현지 젊은이들을 위하여 숭고한 수도자로서 생을 함께한 곳이다. 이 신부님은 1962년 부산에서 출생하여 1987년 인제의과대학 졸업 후 군의관 복무를 마치고 1991년 살레시오수도회 입회, 1995년 서울 대림동 살레시오 청소년센터 사목실습과 1997년 1월 로마 교황청이 설립한 살레시오대학교 유학에 이어 2000년 4월 이태리 토리노 살레시오 수도회 종신서원, 6월에는 로마 예수성심성당 부제 수품, 살레시오 신학부 수료 뒤에 본인이 지원하여 2001년 12월 톤즈로 파견되었다. 이곳에서 기존의 병원과 학교를 운영하면서 시

톤즈마을에서 이 신부가 진료봉사

설보완에 힘쓰는 한편 헌신적인 환자치료, 선교 및 교육활동으로 많은 존경을 받으며 지냈다.

이 신부의 이야기는 2003년 말경 KBS 다큐멘터리 〈아프리카에서 찾은 행복, 수단 이태석 신부〉가 방영되었고. 2010년 초 대장암 3기인 줄 모른 채 자신의 병 치료차 일시 귀국 중 1월 14일 48세를 일기로 선종함으로써 세상에 널리 알려지게 되었다.

젊은 사제로서 이 세상, 짧은 생을 마감한 이 신부에 대해서 교계에서는 "메말라가는 사람들의 마음 속에 바로 자신을 온전히 바쳐 나누는 사랑이 귀한 것이며 인간의 본질이 사랑임을 깨우쳐 주었으며 이 신부님 자신을 영혼으로부터 울어 나오는 하느님의 모습"이라고 회상하며 우리 모두의 마음을 찡하게 만드는 삶이었다. 이 신부가 소속되었던 살레시오회에 의하면 그의 남부 수단

남수단 톤즈에 이 신부가 확장한 학교

행은 로마 유학 중 이미 한국에 선교사로 왔다가 다시 수단으로 간 원선오 신부님이 계신 곳을 찾아 케냐와 수단으로 여름방학을 이용하여 들렸던 이태석 신학생이 그 모습에 매료되어 그곳으로 교사로 갈 것을 지원하였고, 이 지역에서 행한 그의 모든 활동은 이미 20년 앞서 살레시오 수도회의 톤즈 수도원 돈보스코 오라트리오가 뿌리가 된 것이었다.

KBS 스페셜 다큐멘터리로 소개된 〈울지마 톤즈〉의 이태석 신부 이야기는 하나님의 사랑을 불쌍한 이 세상 사람들 특히 문명의 혜택은커녕 인간으로서의 기본적인 삶도 제대로 살고 있지 못한 오지(奧地)에서 치료도 못 받고 있는 환자들, 배우고 싶어도 배울 길이 없는 불우한 어린이들에게 삶의 희망을 불어 넣어준 숭고한 이야기이다. 즉 자신의 희생과 헌신의 일념으로 그들 장래에 소망을 가질 수 있도록 사역을 하기 위해 오늘날 세계 제2의 선교대국이 된 우리나라가 해외에 파송한 많은 한국인 선교사들 가운데서도 이 신부님은 우리 모두를 감명시킨 분이다.

KBS 다큐멘터리를 제작한 프로듀서의 술회에 의하면 10남매를 홀로 키운 이 신부의 어머님은 그의 어린 시절에 대한 기억, 인제 의대에 진학했을 때의 기쁨, 광주 가톨릭대학으로의 진학, 사제가 되겠다는 아들과의 갈등, 아프리카 선교를 떠난다는 소식을 들었을 때의 놀라움, 아들 둘과 딸 하나를 하나님께 바친 어머님의 솔직한 심정을 새삼 헤아리게 되었다고 한다.

톤즈는 이 신부가 처음에 도착했을 때와는 비교도 안 될 만큼 거주지 돈보스코를 중심으로 큰 발전을 이루었는데 그것은 이 신부의 수많은 수고의 손길이 닿았기에 실현될 수 있었던 것이며 현지인들이 그 뜻을 잘 알아 따르고 여러 유지들이 뜻을 모아 무에서 유를 창조하는 심혈을 기울인 결과이다. 또한 오랜 간구와 기도의 응답이 있었기에 가능한 일이었다. 이태석 신부가 앞장서서 밤에는 태양열 시설을 지붕에 설치하고 또 발전기를 돌려 오라트리오에 필요한 소량의 전기를 자가 발전하여 사용하였고 이 시설로 백신보관용 냉장고 설치, 초음파 기자재, 비디오감상실을 운영하였다.

넓은 운동장과 벽돌로 지어진 병원 건물, 결핵 병동, 아이들과 톤즈강의 모래를 날라다 학교, 남녀기숙사를 보수, 확장하였고.

브라스밴드

아이들에게 손수 악기를 가르쳐 브라스밴드를 구성, 연주하게 한 일 등 하나님의 사랑을 깨우쳐 준 "영원한 아버지"로서 인상을 깊이 심어준 그 큰 사랑을 현지주민들은 그리워하며 이 신부의 선종을 애통해 마지않았다고 한다.

브라스밴드는 그들 어린 심성에 좋은 정서를 심어주었고 큰 행사 때마다 연주하는 등 희망의 상징이 되었다. 아이들은 어른들의 "총"과 "칼'을 녹여서 악기를 만들고 싶다고 하였다. 현지에 도착한 이 신부의 영정사진을 앞세우고 한국으로부터 받은 브라스밴드 단복과 구두를 착용하고 연주를 하며 고인의 장례기념 행사장을 향하는 밴드대원들 뒤에 함께 애통해하며 따르는 현지인들의 모습에서 이태석 신부의 길을 함께 가며 서로 사랑을 나누는 것이 우리들 몫이 아니겠는가 하고 재삼 생각하게 되었다고 현지에 다녀온 여러 인사들이 전해온 바 있다.

2013년 가을 추석 무렵에는 이 브라스밴드대원들이 한국 수단 경제장관협의회 초청으로 방한, 이태석 신부 묘소참배와 서울의 관계기관, 학교, KBS 열린음악회 참석 등 많은 감동을 준 방문 길을 마치고 돌아갔다.

2. 마다가스카르의 김창주 선교사 이야기

또한 아프리카 동남해안 대륙에서 떨어져 나온 큰 섬나라, 인도양의 마다가스카르에 한국기독교장로회 소속 김창주 목사가 선교사로 활동 중인 이야기를 소개한다.

그는 2007년 서울 동소문동 예닮교회에서 부목사와 담임목사로 약 12년 시무했고, 온 교회는 평안하였으며 안정적으로 발전하던 교회와 목회지를 뒤로 하고 산부인과 의사인 아내(임전주 사모)와 두 아들을 데리고 홀연히 아프리카로 떠났다. 2014년 현재, 만 7년을 마다가스카르 현지에서 그의 아내와 함께 김 목사는 일찍이 영국 교회가 그곳에 세운 개신교 예수그리스도 교회(FJKM)의 암바투나캉가 신학교에서 설교학 교수로, 현지 목회자를 양성하는 일과 총회를 도와 교회들을 섬기는 일을 감당하고

현지목회자 양성과 피정 교육자들과 함께 김 선교사(중앙)

있으며, 의사인 임 사모는 현지 병원과 보건지소, 그리고 무의촌
진료를 계속하고 있다.

지방의 작은 도시에서 목사의 아들로 태어난 그는 초등학교 6
학년 때부터 목회자의 길과 선교사의 길에 대한 꿈을 키웠다고
한다. 그 꿈은 한 번도 변하지 않았고, 그의 대학 진학을 한국신
학대학으로 이끌었다. 신학대학과 대학원 졸업 후, 군목으로 복
무, 이어서 영국과 미국에서 유학하여 목회학 박사가 된 다음에
도 해외선교에 대한 그의 꿈은 그대로 간직되었다. 한국기독교장
로회의 대표적인 교회 중 하나인 예닮교회에서 담임목사로 섬겼
고, 그의 아내는 산부인과병원의 과장으로 보장된 생활을 하는

동안에도, 그에게는 꺼지지 않는 아프리카에 대한 선교 열망이 있었으니, 두 사람은 결혼 전에 처음 만나 "우리 인생과 젊음의 한 부분을 우리보다 더 어려운 사람들을 위해서 봉사하고 섬기자"는 약속을 했고, 이 약속 위에 결혼을 결정했던 것을 소중하게 마음속에 품고 있었기 때문이었다.

아프리카 대부분 나라가 그러하듯이, 세계에서 7번째, 혹은 9번째 가난한 나라라고 소개되는 마다가스카르는 2009년 봄, 군사 쿠데타가 있은 후, 경제는 점점 더 나빠졌고, 우여곡절 끝에 4년 반이 지나서 대통령 선거를 마쳤지만, 아직도 정국은 불안하고 치안도 안정되지 못한 상태이다. 이런 상황에도 김 선교사와 그 아내는 여전히 동일한 사역에 임하고 있으며, 최근에는 같이 일하는 현지인 교수가 그에게 "왜 마다가스카르 같이 희망이 없는 나라에서 일하느냐"고 물었을 때, 서슴없이 "희망이 없기 때문에 (죄송한 표현이지만)… 그래서, 희망이 보이지 않고, 안타까운 일만 많기 때문에…, 그것이 내가 여기 있는 이유"라고 대답해서 동료 교수와 주위 사람의 마음을 감동시켰다.

수도의 거리에서도 맨발로 걸어 다니는 사람들을 볼 수 있다. 김 선교사의 부인, 임 사모는 의사가 드문 지역을 찾아가서 현지인 환자들을 돌보고 처방하는 일, 의료혜택을 받지 못하고 죽어가는 사람들을 치료해 주는 일을 기쁨으로 감당하고 있으며, 김 선교사는 목회 이외에도 하루 한끼밖에 먹지 못하는 사람들을 위

임전주 사모 현지 환자 진료광경(우측 흰가운 착용)

하여 한국의 NGO, 세계 선린회를 통해서 양돈과 양계 사업을 지원하고, 지역을 개발하는 일, 한글 교육 등의 사역을 책임지고 있다. 특별히 말라가시(마다가스카르 사람들을 일컫는 말)들을 인재로 키우는 교육사업, 각 방면의 지도자 양성에 전력을 기울이고 있다. 말라가시 교계와 사회에도, 의료분야에도 현지인 지도자를 양성하고, 그들이 해외에서 유학하고, 다시 본국으로 돌아와서 일하게 하는 장학사업의 중요성을 강조한다. 외국인(선교사)의 도움이나 해외 원조는 한시적이고, 한계가 분명하기 때문이다. 아프리카 같은 나라들에서는 현지인을 일으켜 세우는 일, 스스로 자립하는 힘을 키우고 가르쳐 주는 교육과 훈련이 가장 중요하기 때문이다. 우리나라와 같이 가난하고 지하자원이 없는데도 발전한 것도 우리 민족 지도자와 인재들을 키워준 서양의

김 선교사(뒷줄 중앙)가 현지 교육 광경

선교사들의 도움과 선각자들의 힘이 컸다고 아니할 수 없다. 120
년 전, 서양 선교사들이 바라본 암울한 조선의 모습과 오늘의 아
프리카 여러 나라들, 특히 마다가스카르의 현실이 거의 비슷하기
때문이다.

　김 목사 내외의 두 가문은 모두 5대에 걸친 오랜 기독교 전통을
이어온 집안이다. 그는 청소년 시절에 이미 미션 스쿨을 통하여
선교사들의 교육과 개화, 의료선교와 한국 민족에 대한 사랑을
경험했던 것이다. 그에게 가장 지대한 영향을 미친 서울의 세브
란스와 여수의 애양병원, 그곳에서 자기들의 생애를 바친 숭고한
서양의 목사, 선교사, 의료 선교사들을 만났기 때문이었다. 조국
도, 동족도, 부모도, 형제들이 모두 버린 이 땅의 나환자들을 치

료해주고 돌보아준 사람들이 누구였던가? 오늘 한국의 근대화와 민주화, 경제 발전의 밑거름이 된 사람들은 누구였던가? 보이지 않는 우리 민족의 발전 뒤에는 수많은 서양 선교사들의 교육, 의료에 대한 수고와 헌신, 희생과 숭고한 삶이 농축되어 있지 않았는가를 기억하며 감사한 마음을 그대로 간직하고 있었다. 이 사실을 오랫동안 마음속에 간직한 그에게는 슬하에 두 아들 중, 한 아들이 목사의 전통을 이어주기를 기대한다. 그렇게 된다면 3대 목사 집안으로서 하나님의 축복을 받게 될 것이라 믿는다.

2012년 7월까지 그의 안식년(약 10개월)을 주로 미국 코네티컷의 뉴헤이븐에서 보내면서 신학과 선교학의 재교육과정에 참여하였고, 부인은 현지사역을 위하여 열대의학과 새로운 산부인과 선진 의술을 이수하였다. 7월에 다시 마다가스카르로 돌아가 동일한 현지 선교사역에 임하고 있다. 슬하에 아들 중, 장남은 아이오와에 있는 루터교 재단인 워트벅대학에 재학 중, 조국에서 국방의 의무를 완수하기 위하여 2013년 귀국, 25년 전 아버지가 군목으로 복무했던 같은 부대에 배치받아 복무 중이며, 둘째는 케냐 RVA(Rift Valley Academy, 선교사 자녀들의 기숙학교) 12학년에 재학 중이다.

3. 조병국 노 여의사의 생애

1) '버려진 아이들' 주치의로 50년 살아 온 할머니 의사

1933년 평양에서 태어난 조병국 선생이 연세대 의대를 나와 부모 없는 아이들, 병든 아이들의 주치의가 된 것은 그의 집안 내력과도 관련이 있다. 독실한 기독교 집안으로 외할아버지는 시골에서 올라온 가난한 아이들에게 한글을 가르치며 생업을 뒷바라지한 자선사업가였다. 아버지, 어머니는 모두 선교사의 도움으로 대학까지 나와 교직에 몸담았다. 7남매의 장녀인 그가 의사가 되어야겠다고 결심한 것은 동생 하나는 흘러내리는 코피가 멈추지 않아 죽었고, 또 다른 동생은 홍역에 폐렴이 겹쳐 세상을 떠난 것이 그 이유가 된다. 어머니가 관보를 만들어 덮던 기억이 나면서 피난길에 본 수많은 아이, 죽은 엄마의 등에 업혀 울고 팔이 잘린 채 피난길에 널브러진 아이들을 보면서 집안의 맏이인 그녀는 부모 없이도 동생들을 돌볼 수 있는 능력, 아픈 아이들을 치료하는 능력을 길러야 한다고 다짐했던 것이다. 손 한번 써보지 못하고 죽은 여동생들, 이 모든 것이 전쟁 때문이었다.

2) 그녀의 할아버지가 '조병국'이라고 작명해 주셨다

기독교 집안인 데다 남녀 차별의식이 없던 아버지는 딸들에게도 돌림자를 주셨다. 빛날 병에 국화 국. 천생 남자 이름 같으니

조 박사가 아동병원에서 장애아들을 돌보는 모습

호적에 사내아이로 잘못 기재돼 있는 걸 네 살 때 발견하고 다시 고쳤다고 한다. "80 생애를 돌아보아도 참 희한해요! 왜 기독교 집안에서 태어났을까? 외할아버지는 왜 가난한 아이들을 데려와 글을 가르치고 시집까지 보내셨을까? 아버지가 그렇게 반대하며 원서를 찢어버렸는데 왜 굳이 의과대학에 들어간 걸까? 서울시립 아동병원 근무시절에 교통사고로 죽을 뻔 하였는데 신은 왜 살려 주셨을까? 이제 와서 돌아보니 모든 것이 내가 원해서 이뤄진 일 만은 아니라는 생각이 들었다"고 한다.

조병국(80) 의사가 서울시립아동병원과 홀트아동병원에서 '버 려진 아이들'의 주치의로 살아온 지 어느덧 50년 세월이 흘렀다. 조의사는 이 고되고 험한 일을 놓을 수 없었던 것은 아이들과 함 께 겪은 "작은 기적들 때문이었다"고 말했다. "나라고 왜 떠나고 싶지 않았겠어요. 사람인걸. 그런데요, 참 희한하게도 그때마다 과학하는 사람의 머리로는 절대 이해할 수 없는 일들이 일어났지요."

조 의사는 몇 해 전 삼성생명 공익재단의 '비추미 여성대상' 수상자로 선정됐다. 정년퇴임한 지 20년이 되었지만 마땅한 후임 의사가 없어 아이들 곁을 지켜온 그였다. 홀트 일산복지타운으로 조 의사에게 연락 드리기 전에 그의 50년 의료일기인 『할머니 의사, 청진기를 놓다』(삼성출판사)를 찾아 읽었다. '기적'이 그 안에 있었다.

3) 할머니 의사 청진기를 다시 들다

2009년에 펴낸 『할머니 의사, 청진기를 놓다』에서 조 의사는 말한다. "내 이야기란 게 뭐 있어요. 그 생명들이 소중하지. 나를 돌아볼 겨를이 없었어요. 아이가 죽었는지 살았는지 확인하는 일로, 한 줌이라도 숨이 붙어 있으면 살려내는 일로 하루하루가 어떻게 지나갔는지도 몰라요. 어떤 아이는 태반과 탯줄이 달린 채 피로 얼룩진 속바지에 싸여서 들어왔다고요. 처음엔 푸줏간 사람이 직원 식당으로 고기를 배달하는 건 줄 알았는데, 경찰이었죠. 핏덩이를 보고 처음엔 놀라 손을 대기도 주저했는데 하도 많이 보니까…. 아이도 아이지만 자궁 수축이 되기도 전 출혈이 멈추지 않는 몸을 끌고 어디론가 도망쳤을 산모는 살아 있을까 걱정을 하곤 그랬지요."

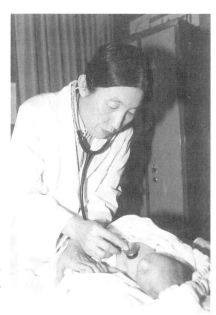

환자를 진료하고 있는
조병국 박사

4) 지난 50년간 6만 명의 아이를 진찰하다

"6만 명인지, 7만 명인지는 세어보지 않아 나도 잘 몰라요. 하루에 적게 보면 80명, 소아과 외래에 하루 223명이 온 게 최대였으니까. 100명 이상은 청진을 못해요. 귀가 아파서. 1972년만 해도 시립아동병원에 입원했던 4세 미만 아이들이 2,300명이나 되었지요. 17% 가까이는 하늘나라로 갔습니다."

조 의사는 1993년에 정년퇴임하고도 계속 남아계신 이유를 다음과 같이 말했다. "후임 의사가 오긴 했는데 박봉에 업무 강도가 세니 몇 개월 만에 그만뒀어요. 나는 퇴직한 뒤 아들 딸 있는 캐나다로 가서 살려고 준비하는데 홀트에서 급히 전화가 걸려왔지요. 다시 일해줄 수 없느냐고. 그래서 15년을 '전(前) 원장'이란 직함으로 더 일하다가 어깨가 너무 아파서 2008년에 완전히 청진기를 놓은 거예요. 그때 책을 썼고요. 그런데 홀트에서 또 전화가 옵디다. 별일 없으면 일산복지타운에 있는 장애아들을 봐줄 수 없느냐고. 딱 4개월만 도와주기로 하고 온 게 벌써 만 3년이에요. 끈질긴 인연이지요."

"홀트를 해외로 입양만 보내는 곳으로 아는 분들이 많은데, 장애인 치료와 복지에도 오랫동안 헌신해왔지요. 일산복지타운은 장애아라 어디에도 입양되지 못한 아이들을 돌보는 시설로 시작했어요. 창립자인 해리 홀트 씨는 장애인 아파트를 짓는 게 꿈이었는데, 딸(말리 홀트)이 그 50년 전 사명을 완수하려고 노력하고 있지요."

노 여의사는 오늘도 전에 일하셨던 홀트아동병원과 비슷한 노약자, 어린이 보호시설인 일산복지타운에서 일하고 계신다.

4. 세계기독실업인회 명예이사장 신용한 장로의 간증

1977년 신용한 장로는 나이 40되던 해에 사업을 시작하여 그 사업에 전력을 투구하고 있었다. 어느 날 우연한 기회에 만난 동창으로부터 CBMC(Christian Business Men's Commitee)에 관해 얘기를 들었다. 기독실업인들의 모임인데 일주일에 한 번씩 모여 성경을 공부하고 성경의 가르침대로 사업해보려고 애쓰는 사람들의 모임이니 한번 참가해보라는 권유를 받았다.

이렇게 해서 1984년 여의도 CBMC지회에 출석하게 되고 매주 수요일 아침 7시, 여의도지회는 여의도의 어느 지하식당에서 모임을 가졌다. 같은 길을 걸어가는 믿음의 동료들이 모여서 찬송하고 저명하신 목사님을 초빙하여 설교를 듣는데 가급적 기업인들에게 교훈이 될 제목의 말씀이 많았다. 소그룹을 형성해서 각자 기도 요청사항을 적어서 상대방과 교환하고 서로를 위해 기도한다. 조찬을 나누고 8시 30분경 일어나 영적으로 충만해진 모습으로 출근하는 것이 전형적인 기독실업인들의 모임이었다.

매주 강사님으로부터 듣는 말씀이 너무나 좋았다. 각자 소속된 교회의 목사님 설교가 신앙 전반에 관한 것이라면 CBMC 강사의 말씀은 기업인들에게 필요한 말씀이 주를 이루었고 같은 길을 가는 회원들끼리 서로의 사업상의 애로를 나누고 기도해주는 것이 좋았다. 그래서 그가 소속된 여의도지회에 출석하면서 해외출장을 가지 않는 한 빠지지 않으려고 열성을 다했다. 어느 해인가 장마철에 한강이 범람한 적이 있었다. 새벽 5시에 뉴스를 켜보니 한강이 위험수위에 도달했단다. 그리고 샛강 인도교 밑까지 찰랑이는 물결을 방영하고 있었다. 그날은 집에서 쉬라고 권유하는 부인을 뿌리치고 차를 몰아 여의도로 향했다. 한강이 범람의 위기에 있다면 이때야말로 기독실업인들이 모여서 기도해야 할 때라고 마음속으로 다지며 모임장소에 갔다.

이날따라 모임장소는 회원들로 가득 찼다. 모두 같은 생각을 가지고 모인 것이었다. 한강이 위험하면 피하는 것이 아니고 오히려 위험한 현장에서 하나님께 도움을 청해야 한다는 CBMC의 정신으로 충만했다.

이러한 믿음의 동료들의 모임이 너무나 좋았다. 1년에 한 번 있는 전국대회는 바로 그 자신과 부인이 기다리는 여름휴가 기간이 되었다. 가끔 가다 해외지회 개척여행은 얼마나 신선한 기쁨을 주었는지 몰랐다. 그는 해외출장 기간 이외에는 더욱 더 CBMC에 열정적으로 참여했다.

어느날 한국 CBMC의 사무총장이 그를 좀 만나자고 했다. 사무총장은 그에게 한국 CBMC가 미국 다음으로 잘 되어가는 나라의 CBMC인데 세계 93개국 국가별 지회가 그 구성원으로 되어 있는 국제 CBMC 속에서는 그 위상이 땅에 떨어져 있다는 것이다. 왜 그러냐 하면 한국 CBMC가 국제이사로 추천해서 파송한 명예회장님들이 언어상의 문제 등으로 국제 CBMC 이사회에 참석하지 않아 한국 CBMC가 국제 CBMC에서는 아주 미미한 존재라는 것이다. 그러면서 사무총장이 권했다. 신장로는 영어회화가 되니 정식 국제이사 대신에 그냥 옵서버 자격의 한국 대표로 국제 모임에 참가해서 한국 CBMC를 국제 CBMC에 알려달라는 간곡한 부탁이었다.

한국CBMC 신년하례회에서 이명박대통령을 안내하는 신 장로

　도저히 이를 거절할 수가 없어서 "그렇게 하겠다"고 답변했다. 1년에 몇 번씩 국제 CBMC 모임통지가 왔다. 그러면 그는 어김없이 그 장소가 어디이던 참여했다. 주님은 우리에게 무슨 일을 하든지 주께 하듯 하라고 가르치신다. 국제기독실업인들의 회의에 참가하겠다고 사무총장에게 약속한 것은 내심 바로 주님과의 약속으로 생각하여 어김없이 국제회의에 정식 한국 대표가 아닌 옵서버로서 참석했다.

　하와이도 갔고, 플로리다의 San Destin도 갔고 구라파의 취리히도 갔고 남아연방의 Cape Town에도 갔다. 물론 자신의 비용으로 참가하는 것이다. 회의에 참가하고 돌아와서는 어김없이 한국 CBMC 회원들에게 국제 CBMC의 동정을 보고했다. 한국 회원 모두가 좋아하며 그를 알아주게 되었고, 국제 CBMC 이사들과도 꾸준한 교제가 이루어졌다. 이렇게 옵서버로 쫓아다니기를 2년, 드디어 2001년 제7차 CBMC 세계대회가 열린 미국 아틀란타에서 그는 정식으로 한국 CBMC를 대표하는 국제이사로 선임되었다. 역대 명예회장님들이 가지셨던 국제이사의 역할이 한국 CBMC의 평회원인 그에게 주어진 것이다. 그리고 바로 이 Atlanta 대회에서 개최된 국제이사회에서 2005년도 제8차 CBMC 세계대회를 중국 북경에서 개최하기로 결정되었다.

원래 8차대회는 남아연방의 케이프 타운(Cape Town)에서 개최하기로 국제이사들 간에 묵계가 되었었다 한다. 그런데 이 묵계를 깨뜨리고 북경에서 개최하게 된 데는 대만 CBMC 대표의 연설에 이어 개의가 재청되어 결국 두 곳이 천거되어 다음 날로 결정이 연기되었고, 다음날 이사회에서는 케이프 타운이 먼저 스스로 포기하여 북경으로 확정된 것이다. 그런데 이 북경 개최를 맡아서 처리하기로 한 대만 CBMC가 공산 중국 당국과 정치적 대립관계로 부득이 철회를 통보했고, 이 철회통보를 받은 국제이사회가 분명히 하나님의 뜻이 있기 때문이니 대만 CBMC가 못한다면 아시아 이사국인 한국 CBMC가 맡아서 중국을 설득해서 추진해보라고 재결의하여 통보해왔다.

한국 CBMC는 약 3년간 꾸준히 중국 당국을 설득하며 교섭했다. 2008년 북경 올림픽도 있으니 중국 당국이 CBMC 국제대회를 받아들일지도 모른다는 희망 속에서 중국 선교의 거룩한 사명을 성취해보려는 갸륵한 정성으로 혼신의 힘을 기울였다. 2004년 중반이 지나도록 중국 당국은 분명한 태도표시가 없었다. 할 수 없이 한국 CBMC는 중국 북경 개최 불가를 국제이사회에 보고하게 되었다. 2005년 세계대회를 1년도 남기지 않은 시점에서 북경 개최 불가를 통보받은 국제이사회는 오랜 기도 끝에 하나님의 뜻은 분명히 아시아에 있고 지금 이 상황에서 2005년 예정된 8차 CBMC 대회를 딴 곳으로 옮기는 것은 불가능하며 그들이 평상시에 눈 여겨 보아온 한국 CBMC의 열정을 볼진대 오히려 한국에서 8차 세계대회 개최를 추진하기로 결정하고 이를 한국 CBMC에 권고해왔다.

한국 CBMC 임원회는 당황했다. 원래 4년의 준비기간을 가지고 세계대회를 치르는데 1년도 안 남은 기간을 가지고 8차 세계대회를 치러보라니 전혀 엄두가 나지 않는 것도 사실이나 지금 이 시점에서 한국마저 거부한다면 8차 CBMC 세계대회가 불발되어 하나님을 믿는 기독실업인 단체로서 부끄럽게도 영광을 돌리지 못하니 차라리 모든 것을 하나님께 맡기고 한국 CBMC가 일치단결하여 이를 수행해보자는 불퇴전의 모험적 결의로서 이를 받아들였다.

우리 한국인들은 평상시에 단합이 잘 안 된다고 한다. 갈라지고 다툼이 많은 좋지 않은 습성이 있다고 모두 인정한다. 그러나 이것은 한국인을 바로 보지 못한 판단이다. 한국인들은 일단 위기가 닥치면 다이아몬드보다 더욱 단단하게 뭉친다. 놀라운 일이 벌어졌다. 한국 CBMC 위원회는 업무를 분담해서 일사분란하게 "빨리빨리 정신"으로 8차 CBMC 대회를 준비했다. 준비는 착착 진행되었다. 제일 문제는 주 강사였다. 10개월의 기간을 가지고 교섭을 하니 세계의 유명강사들은 모두 선약이 되어 있었다. 그런데 하나님께서 준비하신 강사가 따로 있었다. 신 장로 자신이 2년 전 아프리카 CBMC 대회가 열렸던 남아연방에 가서 김득연 명예회장님, 김창성 사무총장과 같이 큰 은혜를 받은 켄 모세 (KEN MOSHE) 목사가 있었다. 이분을 모셔오기로 세 사람은 결정했고 임원회에 건의했다. 임원들은 이 목사님을 통해 이미 큰 축복을 받은 일이 있었다.

2005년 3월에 한국 CBMC는 총회를 개최하고 차기 회장을 선임해야 했다. CBMC에는 기라성 같은 부회장님들이 20여 분 계신다. 인격적으로 신앙적으로 너무나 훌륭한 분들이다. 이들 중에서 회장을 늘 추대했기에 별 어려움이 없었다. 그런데 2005년 총회에서는 사정이 달랐다. 그해 7월에 있을 8차 CBMC 세계대회를 무사히 치루어야 하는 엄청난 부담이 신임회장 앞에 있었다. 많은 국제이사들이 몰려올 터인데 이를 영접할 수 있는 능력이 있어야 했다. 영어가 문제가 된 것이다. 결국 평상시 같으면 쉽게 받아들일 중앙회장직을 모든 부회장들이 결사 사양하는 현상이 벌어졌다.

국제 CBMC 이사회에서 대표축복기도를 올리는 신 장로(우측)

당시 신 장로는 부회장 중의 한 사람이나 서열이 맨 끝에 있었다. 평상시 같으면 신 장로의 서열로는 거론조차 되지 않을 위치였다. 그런데 이 8차 CBMC 세계대회의 부담감 때문에 앞선 선배들이 모두 사양하는 바람에 국제이사였던 그가 차기 중앙회장으로 천거된 것이다. 그는 CBMC를 통해 하나님께 영광을 돌리는 일에는 사양하지 않고 최선을 다하는 것이 모든 일을 주께 하듯 하라는 명령에 순종하는 것으로 믿고 있었기에 이를 수락했다.

제8차 CBMC 세계대회는 CBMC 역사상 최고 최대의 대회였다. 79개국에서 4300명이 참가했고 앞서 말한 남아연방의 숨은 보석 켄 모셰는 엄청난 은혜를 전체 참가자들에게 쏟아 부어주었다. 그리고 더 놀라운 것은 이 대회에서 채택된 서울 선언문에서 국제훈련센터를 짓기로 결의한 사실이다.

2006년 4월 영국의 벨파스트(Belfast)에서 열린 국제이사회(93개국에 국가별로 지회가 있는 국제조직)는 한국에 국제훈련센터를 짓기로 만장일치로 결의해서 아시아를 가로질러 예루살렘에 이르는 선교구간에서 기독실업인들이 사업을 가지고 이방종교의 선교 방해벽을 뚫고 들어가서 현지인들을 고용해서 변화시킨 사람(초신자)들을 기적의 땅 한국에 세워질 국제훈련센터에서 확신자로 변화시켜 아시아 전체를 복음화시키라는 명령을 CBMC에게 주신 것으로 생각했다.

그는 중앙회장 임기 2년을 1회 연임하며 2009년 3월까지 만 4년을 봉사했다. 그동안 국제훈련센터 건축문제는 충남 당진 소재 만평의 대지를 기증받고 국내외 모금이 착실히 진행되었다. 4년의 임기를 끝맺으며 신 장로 부인은 이제 그만 쉬라고 간청했다. 그도 동의했다. 이제는 조용히 뒷자리에 앉아서 돕겠다고 다짐했다.

그런데 국제 CBMC는 매 4년 세계대회를 치르며 국제 CBMC를 이끌어 가는 사람은 임기 4년의 국제이사장과 임기 2년의 국제회장이 있다. 아직까지 CBMC 80년 역사가 지나는 동안 모든 국제이사장과 회장은 미국 CBMC의 전유물이었다. 2005~2009 단 1회 영국인이 국제이사장으로 봉사했을 뿐이다. 그런데 이 영국인 국제이사장의 임기가 2009년으로 끝이 나는 것이다. 후임 이사장이 선임되어야 했다. 미국 이사들이 잽싸게 움직이고 있었다. 그에게도 미국인 이사 한 분이 지지해 달라는 부탁이 와서 그

북한에 볍씨직파기를 기증하러 평양방문(흰 모자착용 신 회장)

는 즐거이 동의했었다.

2009년 CBMC 아시아 대회가 열린 쿠알라 룸푸르(Kuala Lumpur)에서 미국 이사 한 분이 옆에 앉아 있다가 신 장로를 끌어 내어 "한국중앙회장 임기를 끝내지 않았는가" 하고 물었다. "그렇다"고 했더니 이 미국인 이사가 "내가 미국인이지만 차기 이사장은 미국인이 되어서는 안 된다"는 것이었다. 그래서 무슨 말을 하려는지 멍하니 보고 있던 그에게 "내가 기도해 보니까 John Shin 당신이 이사장이 되어야 하겠다"는 것이다.

펄쩍 뛰면서 사양했고 4년간 한국 CBMC 회장으로 봉사했으면 족하고 그는 부인이 더 이상은 안 된다고 펄펄 뛴다고 얘기했다.

그런데 이 사람이 그에게 엄숙하게 반문했다. "CBMC가 국제

국제훈련센터 조감도(당진에 건축 예정)

훈련센터를 짓기로 했고 이 기발한 계획을 그동안 누가 추진해왔
는가? 당신이 아닌가!

　그리고 이 일이 꼭 성공되어야 하는 것이 아닌가? 이것이 하나
님의 뜻이다. 당신이 국제이사장이 되어서 이 일을 수행해야 된
다"고 강력히 도전해왔다○○○. 이 말에 그는 더 이상 뒷걸음칠 수
가 없었다. 더욱이 미국인 이사 한 분이 이미 나서서 지지자를 모
으고 있고 그도 그 사람을 지지하기로 했다고 하였고, 미국인 이
사는 그것을 자기에게 맡겨 달라고 했다. 모든 것이 하나님의 뜻
대로 되어야 한다고 했다. 그래서 신 장로 자신도 하나님의 뜻에
모든 것을 맡기고 따르겠다고 했다. 귀국해서 두 달이 경과했다.
조용했다. 2009년 12월 23일밤 신 장로는 당시 CBMC 국제이사
장인 Jim Johnston에게서 걸려온 국제전화를 받았다. 이제 차기 국
제이사장 선출협의 전화를 모두 마쳤다는 것이다. 그리고 만장일

치로 차기 국제이사장이 선임되었다는 것이다.

그래서 그는 "나는 아직 의사 표시를 하지 않았다"고 했다. 그 랬더니 "물론이지! 당신이 국제이사장으로 선임되었는데 왜 당 신에게도 묻느냐"는 것이었다. 그러면서 진심으로 축하한다고 말을 맺었다. 그러나 신 장로는 국제이사장으로 4년간 봉사하면 서 한국에 세워질 국제훈련센터 추진에 총력을 기울여왔다. 하 나님의 도우심으로 당진에 국제훈련센터의 부지가 확보되었다. 그러나 CBMC 국제이사장으로 4년이 빠르게 흘러 차기 이사장 을 미국인 Bob Milligon 장로에게 인계하고 지금은 명예이사장으 로 돕고 있다.

그가 기도하고 바라는 것은 위 신축부지에 국제훈련센터를 완 공하여 가까운 장래에 전 세계 기독실업인들을 대상으로 하는 직 업 및 선교훈련이 이 기적의 땅 한국에서 이루어져 세계 모든 나 라에 전파되게 하는 것이다.

지금까지 위 간증은 신 장로가 겪은 것을 숨김없이 직접 기술 한 것으로, 되돌아보니 "모든 것이 하나님의 계획이셨고 한 치의 오차도 없이 모든 것이 추진된 것을 알게 되어 하나님을 두려워 하는 마음이 충만하게 되었다"고 하며 이를 전하여 온 것이다.

국내외 한국 예술인들의 업적과 활동

1. 우리나라 최초 여류조각가 윤영자 교수

우리 사회에 현대적인 예술은 근대화가 시작된 20세기 초부터 자리 잡게 되었다. 일찍이 서양문화를 받아들인 일본이 각 예술 분야별로 교육을 시작한 것이 동양 여러 나라가 본격적으로 현대 예술을 도입하게 된 계기가 되었다. 일본으로 간 한국 출신 예술 계 전문대학 유학생이 나타나게 된 것이 바로 그 한 예이다. 한편 우리나라에서도 이미 8 · 15해방 전에 현대미술의 씨앗이 싹 텄다 고 볼 수 있고, 광복 후에는 정규 미술대학에 설립된 교육과정에 당시 뜻 있는 젊은이들의 수학이 시작된 이래 그 맥을 이어가며 오늘에 이르고 있다. 1991년에 고인이 된 김정숙 교수가 미술가, 조각가의 길을 걸었다. 1917년 출생으로 석주 윤영자 여사보다 7

년 연상이지만 1953년을
전후한 같은 무렵에 홍익
대학에서 수학하였기 때문
에 윤 여사와 동시대에 같
은 길을 걸어온 고 김 교수
는 20년 전에 타계하였기
에 조각계에서의 현역 활
동기간이 더 긴 윤 교수를
여기에 소개한다.

작품 활동 중인 윤영자 조각가

여성의 가치를 존중하며
여성예술가들의 입지를 재
발견하고자 2010년 10월 27
일~11월 15일 기간 중 서울 롯데 갤러리(Avenue 건물 9층 소재)에
서 대표적인 원로 여성 예술가 3인(재불 고 이성자 서양화가, 천
경자 화백, 조각가 윤영자 선생)의 회고 및 작품전이 개최 되었는
데 오늘의 한국미술계를 일으켜 세운 세 분이라는 점에서 실로 그
의미가 큰 행사였다. 그중 윤 여사는 해방 직후 1949년 홍익대학
교 미술학부 1기생(조각과)으로 입학하여 수학하신 후 현재 구순
이 가까운 연세에 이르기까지 한국 조각계의 큰 기둥으로 활동하
고 후진들을 지도하는 모습은 참으로 보람 있고 아름다운 모습이
라 하겠다.

윤영자 조각가(좌측 네 번째)의 첫 회 미술상 시상기념

　　여기서 2011년 11월 발간된 윤영자 교수의 회고록 『나의 삶과 예술』에 기술된 그분의 걸어오신 예술생애를 잘 나타낸 작품집 내용에서 역사적인 기록을 볼 수 있다. 위대한 예술가는 비극을 겪고 고독과 싸워 이기는 극기의 과정에서 탄생하는 것이라는 말이 있다. 예술원 원로회원 윤 선생님은 젊은 나이에 부군을 잃었다. 이후 오직 "조각"과 더불어 평생을 살아오시면서 후진들을 격려하는 "석주미술상"을 20여 년 전에 제정하시어 매년 수상자들을 선정하여 이들을 대표적인 중견작가로 육성하는 데 크게 기여하고 계시다.

　　윤 선생님의 수많은 작품을 보면 선이 부드러우면서도 여성의 몸으로 때로는 대담하리 만큼 스케일이 크고 그 의미가 깊은데 경탄을 금할 수 없다. 젊은 날 서울 장충동 소재 경동교회 이전

윤 조각가 자택 앞 전시된 작품 일부

건물 휴게실의 옆길에 8m 벽부조 조각을 기증한 것을 비롯하여
1984년 한국개신교 100주년 기념탑 높이 12m의 작품은 원활한
지원이 쉽지 아니하였던 상황 속에서도 헌신적으로 완성하여 언
더우드(Underwood)와 아펜젤러(Apenceler) 선교사가 처음 상륙한
인천 제물포구에 설치토록 한바 있다. 또한 한국기독교 미술인상
수상작품인 길이 3.5미터에 달하는 대작 〈하늘에는 영광, 땅에는
평화〉를 그분이 다니는 삼선교 소재 개척교회인 예닮교회에 헌정
하였을 뿐만 아니라 서울 반포아파트 윤 선생의 거주 동 앞에는
평생작품 중 실내에 보관하기 어려울 정도의 큰 작품들 10여 점
을 지상에 계속 전시해놓아 오가는 많은 사람들에게 과연 위대한
원로 조각가라는 깊은 감명을 주고 있다.

　개인적으로 보면 홀로 된 후 두 어린 남매를 돌보며 그의 예술

활동을 지속하기에 매우 힘들었을 것이나 젊은 날 유럽체재기간－그분 자녀 남매는 각기 장성하여 이태리 아내, 프랑스 남편과 결혼하여 가정을 이루어 손주들 모두 현재도 유럽 거주 중－을 제외하곤 평생을 후진양성을 위하여 목원대학교 미술학부장으로 재직하다가 명예교수로 은퇴하였지만 여성의 몸으로 조각이라는 세계를 개척하기에 정신적으로도 외로우셨을 것으로 생각된다. 2011년 가을에는 개인전에 맞추어 윤 선생의 생애를 돌아본 회고록을 발간하시게 되어 그 내용 일부를 여기에 발췌, 수록하였음을 밝힌다.

위대한 예술가의 탄생은 결코 우연이 아닌 것은 레오나르도 다빈치가 비록 이태리 작은 마을, 다빈치 동네에서 귀족의 사생아로 태어났지만 그의 작품세계에서 나타난 천재성은 노력의 결정체라는 것을 보며 윤 선생이 오래도록 건강하시고 그의 여생에 계속 빛나는 예술세계를 펼치고 남기시기를 염원하게 된다.

2. 커다란 장미를 그린 심명보 화백

"나의 극대화된 이미지로서의 장미는 이미 정원을 떠난 열렬한 고백으로 의식화된 언어이며, 물적 존재의 의미를 넘어 나에게는 가장 소중한 정신과 사랑을 나누는 가족과 같은 생명이며 언어이다"라고 말하는 한국의 심명보 화백은 젊은 날의 실험적 추상화를 접은 채 커다란 장미만을 주제로 일관되게 작업하고 있는 유명한 화가이다.

그는 1980년대 6년간의 미국 뉴저지주립대 연구교수와 뉴욕생활을 통하여 그가 오랫동안 애정을 가졌던 국내의 교수생활을 떠나 서울과 뉴욕을 오가며 전업 작가로 왕성하게 활동하고 있는, 이미 대중에게 널리 알려져 있는 인기 작가이다. 재미 중인 두 아드님도 미술가, 인테리어 디자이너로서 뉴욕에서 예술가 가족으로 왕성하게 활동하고 있다.

"예술이란 어떤 것인가? 한마디로 아무도 밟지 않은 땅에 자기만의 발자욱을 내는 행위이다. 새로움을 향한 도전에는 다양한 장애물이 기다리고 있다. 나비의 순환과정에서 보듯이 번데기의 긴 터널을 통과하지 않고는 결코 찬란한 날개를 기대할 수 없으며, 그리고도 건너야 할 수많은 고통의 늪이 가득한 세계다. 이러한 과정이 비단 예술뿐이겠는가?" 열변을 토해내는 심 화백, 그를 만나 대화를 나누어 보면 그가 하는 일에 대한 확신으로 가득한 열정과 에너지를 느낄 수 있다.

"많은 사람들에게 위로와 아름다움을 안겨 주는 것이 예술의 사회적 기능 중에 가치 있는 일"이라고 생각하는 심 화백은 누구나 감동으로 가까이 다가갈 수 있는 친근한 그림, 따뜻하고 화사하며 에너지가 넘치는 그림, 시각적인 아름다움 속에 메타포(은유(隱喩))가 숨어 있는 그림을 그리며 어느 누구와도 다른 작가 자

심 화백과 〈New Millenium Rose〉(유화, 1000호)

신만의 강렬한 개성을 소유함으로 예술가로서 존재가치를 느끼고 있는 작가이다.

심 화백의 대작 중에서 〈Passion for the New Millennium〉이란 작품은 2000년에 초점을 맞춘 주제로, 작가가 뉴욕 스튜디오에서 2년에 걸쳐 밤낮을 잊은 채 계속되는 작업 중 여러 차례 손이 순간 마비되는 경험과 더불어, 기도로 시작하여 감사기도로 완성된 1000호에 이르는 그의 역작이다. 크고 작은 1,999송이의 장미들이 어우러져 한 송이의 거대한 장미를 태어나게 하였으니 모두 2,000송이의 장미가 피어 있는 작품이다. 이것은 곧 우리 인류의 지난 역사에 대한 장미를 통한 조형적 표현이며, 인류가 지향하는 정점은 하나라는 메시지가 담겨 있는 작품이고, 거대한 장미를 이룬 수많은 작은 장미들, 그것은 작은 소망과 무수한 노력들이 커다란 꿈을 이루게 되며, 조화로운 화합을 통하여 아름답고 거대한 힘을 이룬다는 은유가 숨어 있는 작품이다.

이 대작은 한국에서 오랜 역사의 크라운해태 본사 로비에 전시되어 많은 사람들의 사랑을 받고 있으며, 국내 처음으로 아트마케팅을 시작한 H제과의 감동적 기획으로 이 작품의 여러 이미지들은 이미 판화와 제품의 포장 디자인에 활용되어 전국에 널리 퍼져 대중들의 생활에 가까이 있음은, 심 화백이 평소 원하던 바 "대중들에게 감동으로 사랑받는 예술, 우리의 생활을 아름답고 윤기 있게 하는 예술"로 현실화되고 있다.

그가 말하는 바 1. 새로운 생각으로 가득한 일상(日常), 2. 자기의 일에 대한 확신(確信), 3. 그 일을 실현하기 위한 남다른 열정과 노력을 창작활동의 신조로 삼고 있는 심 화백은 덧붙여 '밝은 기운을 전파하는 도구로서의 예술가'가 되기를 바라고 있다. 그래서일까? 그는 어두운 그림을 그리지 않는다. 꽃이 그렇듯이 화사하고 밝은 그림, 심 화백의 장미 앞에 서면 다른 꽃그림에서 감지할 수 없는 에너지를 느낄 수 있다.

2014년 현재 58회의 국내외 개인전과 수많은 단체전, 국제전과 심 화백의 평소 소망해오던 "70회의 개인전을 하고 떠날 것이다."

라는 표현처럼 그의 왕성한 창작활동을 통하여 심 화백의 예술이 삶의 아픔 속에서 상처받은 영혼들이 위로받고, 그의 확신에 찬 삶의 메시지를 통하여 많은 사람들에게 더 없는 격려가 되기를 바란다.

3. 미국에서 활동 중인 젊은 한국인 음악가들

미국 내 주요도시에서 매년 한국 출신 음악가들의 공연이 자주 있지만 2006년 말과 2007년 봄에 있었던 몇 건의 연주회 이야기를 소개함으로써 젊은 한국 음악가들 활동상의 편린을 되새겨보기로 한다. 2006년 11월 하순 미시간 대학촌인 Ann Arbor 시내 Hill Auditorium(동부에서 몇째 안 가는 역사 깊은 공연장)에서 있었던 바이올리니스트 사라 장(Sara Chang, 한국명 장영주)의 런던 필하모니 오케스트라와의 협연, 12월 초순 워싱턴 DC 케네디센터에서 있었던 장한나(Hanna Chang)의 첼로 연주회, 2007년 1월 29일 University of Michigan, School of Music, Theatre & Dance, Sympony의 오케스트라 공연, 또한 같은 대학 Theatre에서 있었던 한국 유학생 서클 SINABORO(Korean Traditional Drumming Group) 7th Annual Concert, 그리고 Ann Arbor시 Hill Auditorium에서 2007년 3월 20일 있었던 정명훈 씨 지휘의 Orchestre Philharmonique de Radio France 공연 등과 많은 성악가들의 다양한 활동에 대한 이야기이다.

1) 인종, 연령, 지역을 초월한 음악의 세계

우리가 잘 아는 바와 같이 음악이나 예술분야는 사람들의 마음을 하나로 모으며 큰 공감대가 형성되는 점에서 만국공통어라고 볼 수 있다. 아름다운 화음과, 분초를 다투어 달리하는 고저강약의 변화는 인간 본성에 대한 호소력이 커서 항상 공감을 불러일으키는 것이다.

세계적인 런던필하모니 오케스트라와의 절묘한 협연 가운데 20대 후반 사라 장의 신기(神技)에 가까운 바이올린 연주음과 몸짓은 그날의 압권(壓卷)으로 그칠 줄 모르는 기립박수 때문에 세 번이나 무대로 나와 인사하는 사라 장의 생생한 모습을 보았는데 10대 초반에 미국 음악계에 데뷔한 필라델피아 태생의 미국인(부모는 한국 출신)이라고 소개되었다. 또한 장한나(Hanna Chang)도 한국 혈통으로 부친이 이민 1세이지만 뉴욕 현지 소재 한국의 국영기업체 간부로 다년간 근무 중인데 장양 모친이 항상 Chaperon 역할을 담당하여 이전에 케네디센터에서의 연주를 마치고 연중 마지막 스케줄로 그해 12월 중순 유럽 연주여행을 떠났다고 들었다.

한편 2007년 3월, Ann Arbor의 Hill Auditorium에서 있은 라디오 프랑스 필하모니 오케스트라 공연 지휘자 정명훈(Myung-Whun Chung, Conductor) 씨에 대한 소개는 한국 태생의 음악가 집안 출신이라고 명시되어 있었다. 여기서 70년대 말부터 수년간 LA 남단 Parlos Verdes Penninsula에 거주하던 중, 동네에서 부지휘자로 데

뷔한지 얼마 안 된 20대 중반(현재 체격보다 왜소해 보였음) 정명훈 씨의 감격적이고 생동감 넘치는 LA 필하모닉 오케스트 공연지휘 모습이었다. 수백 명 수용 규모의 아담한 야외 계단식 공연장에 오후 시간에 모인 동네사람들이 피아니스트 출신 젊은 동양인 지휘자를 환영하였는데, 대도시 LA의 필하모닉 오케스트라 부지휘자 신분으로서 대외적으로 본격적인 지휘활동을 준비하는 단계로 보였고 평소 자주 쓰이지 아니한 동네 공연장에 실습차 온 것으로 생각되었다.

2) 사랑과 일체감을 일으키는 세계적인 연주가 출현 기대

한편 음악을 좋아하는 많은 미국인들과 외부 사람들을 위한 봉사차원의 교회 무료연주 활동도 많다. NY 맨해튼 소재 성 바돌로뮤교회 소년소녀합창단의 연주활동(2006년 12월 24일 성탄특집 NBC TV 녹화 방송 편)을 보면 현재 미국 교회에 참석하는 교인의 수는 적으나 음악선교나 성가를 통한 신앙심 제고가 우리 인간들에게 얼마나 깊은 감명을 주고 있는가를 느끼게 한다. 성탄계절에 지역노인들로 구성된 밴드나 오케스트라가 학교 강당이나 공공박물관의 전시장 로비에서 무료공연으로 봉사하는 모습을 여러번 보았다. 이는 정서에 메말라 있는 많은 도시인들에게 한껏 삶의 생기를 북돋아주고 화음으로 하나가 되는 기회로 제공되고 있는 것이다. 또한 현재 교육과정에 있는 젊은이, 심지어 어린이들에 이르기 까지 음악을 통한 정서 함양, 세밀한 감각과 일체감을 형성시키는 효과는 참으로 크다는 사실이다.

위 소년소녀합창단 지휘자는 30대 중반의 줄리어드(Juilliard) 출신으로 그가 재학 중에 동급생 3분의 1가량이 한국계였다고 하며 한국에 자주 오고 싶어 하였다. 이 중에는 세계적인 성악가를 배출한 한국의 음악계 인사들과 부모들이 있을 뿐만 아니라 오늘도 열심히 학습 중에 있는 많은 재미 음악도들 가운데서 머지 않은 장래에 한국판 모차르트, 주핀타 등이 배출되리라 믿는다.

국내외에서 사업개척에 매진한
Y, C, H, S, C씨

1. 세계한상대회 설립한 재미 원로사업가 임창빈, 조병태, 홍성은 회장

현재 세계 최대소비시장이자 첨단제품의 개발 및 수출기지인 미국 내 교포사업가들은 초기 정착단계에서 무역업에 종사하면서 고국상품의 현지 시장 개척과 카리브 연안국의 현지 공장제품 및 미국제품의 세계시장에 대한 수출업무에 종사하였다. 특히 유학생 출신이 기술이민으로 미국에 정착함으로써 각 분야 발전에 기여하였기에 한 품목의 히트상품으로도 재력을 쌓아 고국과의 유대 강화는 물론 현지사회에 공헌한 분들이 생기게 되었다.

넓은 미국 땅에서 훌륭한 사업가가 많으나 일단 성공한 원로 세 분을 업종으로 나누어 가나다순으로 소개한다. 최초 화학접착제를 활용한 매트 연관 제품회사의 임창빈 회장, 모자 단일품목으로 성공한 조병태 회장, 부동산 금융업의 홍성은 회장이다. 특히 이 세 분은 모두 고국과의 유대관계를 중시하여 2001년11월 해외한상대회 창설에 참여한 이래 계속 활동하고 있다.

1) 해외한상대회 설립을 주도한 임창빈 회장

1958년 홍안의 20대 청년으로 서울서 고등학교를 졸업하자 미국유학을 떠난 임창빈 회장은 Missouri State 대학시절 화공학을 전공하여 일찍이 카페트 접착제 사업에 뛰어들어 드디어 세계시장 점유율 1위를 처지하고 Korea Texacote Co.의 국내 설립과 Changhua Co. 중국 내 설립, 이외에 인도와 고무 합작회사 등 총 25개 기업을 일군 세계 정상급 재미교포 기업인이다.

1997년 5월 미국 LA에서 개최된 미주 한인상공인단체 총연합회 15대 회장 및 이사장으로 당선된 후 2002년 11월 서울서 역사적인 세계한상대회를 탄생시키는데 미주한인상공인 총연합회를 이끌고 참여하여 700만 재외동포가 사업의 구심점으로 모국과 경제교류는 물론 국내외 기업인들의 역량을 결집하는 데 큰 기여를 하게 되었다. 임 회장 자신은 2002년 초대 공동대회장을 맡은 데 이어 2006년 4대 회장도 역임하였고 매년 국내외에서 개최되는 한상대회는 물론 모국과의 각종 협력사업에 그간 적극적인 참여와 활동을 계속해오고 있다. 이와 같은 공로로 본국 정부(외교통

임창빈 회장 내외분

상부)는 최고의 영예인 국민훈장 무궁화장을 수여한 바 있다.

사업인으로서도 지난 50여 년간 거친 파도를 헤치면서 카페트 접착제라는 '선택과 집중'으로 세계 정상에 오른 분이다. 미국 동남부일대 370여 공장에서 사용하는 원료의 70% 이상을 공급하는 위치에 오르고 위에서도 기술한바 한국 내 Korea Texacote Co.를 비롯해서 일본에는 Newmatex Co.를, 중국에는 Changhua Co. 인도에는 Textile Rubber Indo Co.를 설립, 운영하는 등 세계적으로 사업외연 확대에도 크게 성공하신 분이다. 위와 같은 사업가로서의 대성은 남다른 비전과 포용력이 있어 가능하였고 또한 국내외 교포사회에 대한 헌신적인 봉사활동으로 주위 분들로부터 신망이 높았기 때문이다. 그보다 더 값진 것은 정직하고 성실하여 자신만을 위한 직선적인 삶을 살지 않고 미국 사회에서도 크게 인정을 받았기에 오늘의 그분 삶을 이루게 되었다는 점이다. 부인과 함께 반세기가 넘는 미국 생활에서 교포사회는 물론 현지 미국인 사회에 큰 기여를 하면서 불우한 이웃돕기와 봉사정신으로 그의 부인이 그곳 대학에서 명예박사 학위를 받기도 하였다. 가정적으로도 하나님의 축복을 받아 3형제를 낳아 잘 교육시키고 동양인으로서 건전한 정신력과 체력연마를 위해 부인 스스로 세 아들을 이끌고 태권도장에 다님으로써 이들 네 모자들의 태권도 실력이 7단을 넘어 10단에 이르렀다는 사실은 그 가족들의 지나온 삶을 단적으로 웅변해주는 것이라 하겠다.

2) 세계 모자업계 Top인 Sonette Inc.의 조병태 회장

2006년 이래 한상 Leading Group 대표간사로 있다가 2012년 11대 회장을 역임한 조 회장님은 1975년 미국에 와서 모자 단일품목으로 미국 시장은 물론 전 세계에 연간 3,500만 개, 매출액 1억 9천만 불에 이르는 세계적인 스포츠모자업체를 경영하고 있다. 도미니카, 베트남, 방글라데시, 한국에서 수입하며 뉴욕에 본사를 두고 LA Fluerton, Atlanta Georgia에 지사를 포함 12만 스퀘어피트 창고에 1천만 개가 넘는 모자재고를 보관하며 미국 시장 및 전 세계 시장에 판매하는 기업으로 일구었다. 리복, 나이키, 아디다스, 퀵실버, 빌타봉, 헐리, DC슈즈, 볼롬, 캠골 등 유명브랜드들이 중요고객이며 팀 스포츠(NFL, NBA, MLB, NCAA)와 ACTION SPORTS의 95%업체들이 Sonette Inc.의 고객으로 되어 있다.

조병태 회장 내외분

　사실 오늘의 성공을 거두기까지 그동안 수많은 시행착오와 어려움을 겪어야 했다. 실패와 좌절을 수 없이 겪었지만 1978년 전환의 계기가 찾아왔다고 한다. 선명하게 프린트되는 야구 모자를 개발하자 업계의 좋은 반응을 얻어 성공의 발판을 마련한 것이다. 양키스(Yankees) 구단에 납품하게 되며 미국 30개 구단에 판매하는 획기적인 전기가 마련되고 US Open 등 각종 골프모자도 그때부터 납품하게 되어 야구, 골프시장에서 선두자리로 올라서게 되었다. 처음에는 조 회장의 영문이름 Thomas Cho로부터 회사명도 토마스프로모션으로 정하고 사업을 시작했다 1999년까지 매년 25% 이상의 성장으로 같은 업계에서 당당히 세계 1위의 자리로 올라서게 되어 회사명을 Sonette로 변경하고 개발과 디자인에 최대한 투자하였다. 그중 1996년에는 1백년에 한 번 나오기도 힘든 플랙스핏(FLEXFIT)이란 모자를 개발하여 모자업계의 또 다른 혁명을 이룰 수 있었다. 3년간의 연구와 개발 끝에 나온 플랙스핏은 사이즈 조절장치가 없지만 원단과 땀받이를 스핀이라는 탄력성 있는 재질로 만들어 머리의 크기에 관계없이 한 모자로 누구나 쓸 수 있게 되어 있다.

이 특허제품으로 확고한 1위 자리를 차지하게 되니 고객들은 우리 플랙스핏만 찾는 계기가 되어 회사 성장은 계속 이어졌다. 2002년에 1억 불 매출을 달성하여 전 세계에 플랙스핏의 브랜드 명성은 프리미엄모자로서 최고가품으로 확실하게 자리잡게 되었다. 사실 초반 실패로 많은 시련을 겪었지만 33년 동안 한 우물을 판 것과 품질개발로 최고의 제품을 만들어 온 것이 나름대로 성공한 비결이라고 조 회장은 술회하고 있다.

3) Rainier Group의 홍성은 회장[1]

명예를 지키기 위해 한국 프로야구 인기구단 넥센 히어로즈와의 지루한 법정 싸움 끝에 완승을 거둔 홍성은(67) 회장은 미주 한인사회를 대표하는 사업가 중 한 분으로 워싱턴과 뉴욕 등 5개 주에서 부동산 개발업체를 운영하고 있으며, 30여 개의 호텔 리조트 등을 운영하고 있는 '성공한 이민 1세대'이다. 1974년 미국으로 이

• • • • •
1) 2014년 1월 17일자 『미주 중앙일보』 및 『한국일보』와 2008년 3월 임창빈 회장 회고록 『미국에서 반세기 그 꿈과 삶』 관련 기사 발췌.

홍성은 회장

민 와서 햄버거가게에서 고기를 굽는 등 온갖 역경을 극복하고 자산규모 5억 달러가 넘는 부동산 재벌로 아메리칸 드림을 이뤘다.

홍 회장은 현재 종합 휴양 레저시설인 Tamiment Resort&Conference Center(2350 에이커 400만 평)을 비롯해 Detroit Hilton과 Best Western Hotel 등을 잇달아 인수했으며 Holiday Inn, Quality Inn, Resort Hotel 등도 운영하며 골프와 스키장을 갖춘 수십여 개의 리조트 등을 이끌고 있다.

90대 노모에게 효성이 지극한 홍 회장이 주요사업체를 인수할 때 미국인 경쟁자들 텃세를 이겨나가는 큰 힘을 주셨음에 감사하곤 하였다.

한동안 24시간 미국 동서지역을 다니며 사업을 하였는데 서부 시애틀에서 낮에는 은행일과 개발에 관한 일을 보고, 밤 자정 비행기를 타고 자동차의 도시 디트로이트에 아침 6시에 도착, Hilton 호텔에 가서 조찬과 간단한 세면으로 회의에 참석한다. 일정이 끝난 후 다시 뉴욕 사무실로 건물 리노베이션 현황을 보기 위해 NY으로 향한다. 거기서 세부일정을 마치고 펜실베니아주 Tamiment로 출발하여 대대적인 개보수공사 중인 리조트를 둘러보고 늦은 밤에 시애틀로 돌아온다. 다음날 아침에는 은행이사회에 참석한다. 동서 3시간의 시차를 극복하는 것도 쉽지 않지만 1년 평균 10만 마일에서 15만 마일을 비행기를 타고 다녔다.

디트로이트 힐튼 호텔과 Tamiment Resort는 그의 미국 생활에서 제일 큰 사업이었으며 그가 자리매김한 절대적인 부동산이 되었다. 그 지역에서 이로 인해 가장 큰 성공을 거둔 사업가로 지역신문에 기사화되기도 하였다. 이는 그가 좋은 인연으로 맺어진 수백 명의 종업원 그리고 어눌한 언어와 서툰 황색의 주인을 믿고 20년을 끝까지 함께한 각 지역 호텔, 리조트 그리고 건물관리회사 대표와 G.M.이 고맙고 또 고마울 뿐이라고 하였다.

분명한 것은 힘 겹고 어려운 결정을 해야하는 순간들이 많았지만 항상 긍정적이고 성공시킬 수 있다는 그분만의 신념, 자신에 대한 사랑, 그리고 기다릴 수 있는 인내라고 생각하였다.

또한 초창기 이민사회의 어려운 금융기관과의 연결을 손쉽게 하기 위하여 2개의 은행(AEA Bank, Pacific International Bank)과 1개의 신용조합(Korean Society Credit Union)의 창업 멤버로 참여하여 은행이사와 이사장으로 자리매김을 확고히 하였다. 미국에서의 은행 역할이 큰 만큼 은행이 동포사회에 설립되면 동포사회의 경제조직발전이 5년 또는 10년은 빨라진다. 어떤 때는 잠시 바쁨의 끈을 놓고 싶지만 아직은, 아니 어쩌면 멈춤이 없이 영혼을 태워야 할 것 같다는 신념을 가지고 있는 사업가이다.

그의 성공스토리는 연방정부에서도 높이 평가, 성공한 이민자들에게 수여하는 '엘리스 아일랜드상'을 수여했다.

이 상은 한인 수상자가 10여 명에 불과할 정도로 권위를 인정받고 있는데, 그동안의 수상자 중에는 콜린 파웰 전 국무장관, 루디 줄리아니 전 뉴욕시장 등 쟁쟁한 인물들이 포진돼 있다.

우리 전통문화를 사랑하는 홍 회장은 전통사찰 후원업무에도 큰 기여를 하고 미국 시애틀의 선미사, NY 한마음선원 등 신축, 유지에 공헌하고 있다. 특히 자신의 성공을 바탕으로 해외 한인들의 역량을 모으는 데도 앞장서 '세계 한상대회' 창설의 주역을 맡았고, 2010년 9차 대구 한상대회장을 역임한바 있으며, 현재는 한상대회 고문단인 '리딩 CEO'에서 활약하고 있다. 그는 또 독일 함부르크 소재 '백남준재단'을 인수하고, 일본 총독부에 있던 한국문화재 105점을 사들이는 등 한민족 문화예술을 보존하고 발전시키는 데도 앞장서고 있다.

이밖에 한국에서도 왕성한 활동을 펼치고 있는데, 2007년 사단법인 H2O 청소년사랑 품앗이운동본부 3대 회장을 맡았고, 2008

년에는 중앙아시아 투르크메니스탄 정부가 추진하는 유전개발 등 170억 달러 규모의 대형 국책사업권을 확보하기도 했다.

2. 일본 4번째 갑부인 Soft Bank의 손정의 씨[2]

21세기는 종전의 아날로그 시대를 마감하고 디지털환경이 자리 잡은 문명의 전환기다. 탄광노동자로 일본에 건너 온 할아버지(손중경 씨), 아버지(손삼헌 씨)에 이어 1957년 규슈 한인 밀집지역에서 태어난 安本正義(한국명 손정의 씨, 일본 성 야스모토 대신 孫씨 사용, 그의 일본인 부인 오노 마사미(大野優美)도 손(孫) 마사미로 개명함) 씨가 바로 그 무렵 일본에서 성장한 사람이다. 후쿠오카 조난중학교에 이어 구루메대학 부설고교에 입학했지만 미국 유학을 결심한 것은 일본 명치유신 때 사카모토 료마(板本龍馬)처럼 일본의 개화기를 성공적으로 충전시킨 인물을 숭배하고 배우기를 좋아했기 때문이었다.

한국인 3세 손정의 씨는 인터넷을 중심으로 한 정보혁명시대인 현재 아시아의 빌 게이츠로 비교될 만큼 성공하였다. 그의 기업 소프트뱅크를 이 시대의 선구적인 기업으로 만들었고 빌 게이츠를 넘어서는 코페르니쿠스적인 발상의 대 전환으로 스스로 성공을 이루었음을 여기 소개하고자 한다. 이 두 사람은 지금부터 약

2) 『한국일보』 2011년 1월 29일자 14면 Weekend Biz판 게재내용 발췌.

30년 전인 1980년대 미국과 일본에서 PC시장이 한참 확대되던 시기에 등장한다. 이 무렵 미국에서는 세계 최초로 8비트 PC를 MITS사 (Micro Instrumentation and Telemetry Systems)가 Altai－8800 제품으로 내놓아 『Popular Electronics』지에 특집기사로 실린다. 여기에 Intel사가 만든 Chip의 확대사진도 실린 것을 본 당시 손정의 씨는 UC 버클리대학, 빌 게이츠는 하버드대학 재학생이었다.

감수성이 예민한 이 두 사람은 20세 전후로서 이를 감동, 감격으로 받아들이고 끊임없이 꿈을 추구하는 행동력을 가지고 있었는데 이미 1975년 빌 게이츠는 3학년 재학 중이던 하버드대학을 중퇴하고 마이크로소프트(Microsoft)사를 세웠고, 손정의 씨는 1981년 9월에 오늘날의 소프트뱅크 전신인 일본소프트뱅크를 설립하였다. 그들의 공통점은 PC의 장래성을 믿고 그 광대한 가능성에 눈을 돌려 시대를 미리 읽은 점에 있다. 기술개발에 앞서가던 빌 게이츠와 인프라산업을 내다 본 손정의는 1995년에 드디어 게임뱅크(Game Bank)사를 공동설립하고 Window 95 보급을 추진하게 된다. 마이크로소프트 사는 1기 메인프레임시대로부터 2기 퍼스컴시대를 열었고 3기 인터넷 비즈니스시대는 손정의와 손잡고 나가게 된 것이다

여기서 손정의 씨도 세계적인 경제지 『Forbes』가 선정한 일본 최고의 자산가라는 점이 주목되는 사실이지만 재일한국인인 그의 파란만장한 인생역정과 부자가 된 방법 뒤에 숨어 있는 인간 손정의를 필자는 우리 젊은이들에게 여기서 알리고자 한다. 그는 후쿠

오카현 구루메대학 부속고등학교 1학년을 중퇴하고 혼자서 미국으로 건너가 6개월의 어학코스를 마치고 샌프란시스코 세라몬테고에 2학년으로 편입한다. 일본에서 마치지 못한 고교 2년 과정을 건너 뛰어 3주 만에 고교졸업 검정고시에 합격으로 매듭짓게 되는 과정에서 영어문제 시험장에 영·일 사전 지참과 시험시간 연장을 허락 받아낸다. 그의 놀라운 설득력과 미국 교육당국의 수용자세의 합작품이라고 하겠다. 이후 홀리네임스 칼리지를 다니다가 UC 버클리 경제학부에 편입하여 수학한 그는 미국에서 하드웨어와 소프트웨어의 기본부터 배우게 된다. 자신과 일본이라는 틀을 뛰어 넘으려는 그의 부단한 노력은 일본이 미국의 선진과학기술을 벤치마킹하여 기술응용으로 제조업분야에서 앞서 가는 길을 택하게 했다. 퍼스널 컴퓨터는 미국에 처졌으나 인터넷은 미국을 앞설 수 있다는 자신감과 노력으로 대학 재학시절 전자음성번역기를 발명, 샤프에 매각한 대금 1억 엔으로 소프트웨어회사 유니손월드를 설립하여 일본을 뛰어 넘는 세계경영에 도전하게 된다.

1981년 9월 졸업과 동시 일본으로 돌아온 그는 자본금 1,000억 엔으로 소프트뱅크를 설립한다. 그도 일본 안에서 매스컴으로부터 공세를 받는 시련을 겪기도 했다. 사업상으로 컴퓨터 관련이라는 큰 테두리 내 투자로서 메이커를 매입하기도 하고 텔레비 아사히(Asahi) 콘텐츠를 입수하였으나 나중에 이 콘텐츠 주식을 포기한 것은 인터넷의 보급으로 콘텐츠가 일반이용자에게까지 보급되어 있는 현재로서 볼 때에는 그의 최대 실수이자 실패일 것이라는 보도가 있었다. 당시로서 소프트뱅크의 경영 불안설이 나돌았기에 부득이 포기하였을 것이다. 미국 야후(Yahoo)는 96년 4월에, 일본 야후는 그가 주동이 되어 97년 11월에 주식을 공개했다.

둘 다 설립 후 2년이라는 매우 빠른 공개였지만 인터넷이 도화선이 되어 경이적인 주가상승을 기록하였고 그에 따라 대주주인 소프트뱅크는 3조 엔이라는 거대한 재산가가 되었다. 처음 소프트뱅크 사업 시작 때에 은행으로부터 1억 엔 무담보대출 성사시에 있었던 일화로, 은행 대부계원이 일본 성이 아닌 손(孫)씨라는 사업주를 이상해 하자 "그래 내가 한국인이요! 그래서 어쨌다는 거요?"라고 자신 있는 자세와 그의 설득력 있는 사업계획이 제일권업은행 고지마치 지점장 고기다니 씨를 통하여 은행 고위층까지 모두 감동시킨 것도 그의 천재성을 나타내는 이야기라 아니할 수 없다.

또한 그의 선견지명은 야후 재팬(Yahoo Japan)이 설립된 지 1년에 불과한 시점에서 3억 엔 출자사실도 높이 평가되지만 "운도 실력이 있을 때에 따른다"는 말처럼 성공과 운은 바늘과 실처럼 함께 따라 다니는 것이다. 드디어 소프트뱅크는 네트워크 산업의 국제적 연줄을 잡았고 소프트뱅크는 순수 지주회사가 되어 나스닥 재팬(Nasdaq Japan) 창설, 일본채권은행의 매수 등 대형투자 물건을 장악하고 모두 인터넷 관련사업과 상통하게 되는 시대를 열어가게 되었다.

손 회장 자신은 2000년대 초에 퍼스컴 관련 출판, 유통 등 사업

한민족 새 다이소포라

166

의 대부분을 직접 챙겼지만 현재는 이를 분리하여 본체를 순수 지주회사로 변화시킨 전혀 다른 기업군을 일구었다.

그의 사업은 창업 30주년을 맞이한 2009년 9월 현재 자회사 117개사, 투자회사 79개를 거느린 거함이 되었다. 그룹의 순매출은 약 2조7천억 엔으로 급증하였고 30년 후에는 세계 Top 10 기업이 되겠다는 구상이다. 일본 내 재일교포 출신으로 성공한 사업가가 여러분 계시지만 여기서 손정의 씨를 대표적으로 기술한 것은 아직 60대도 넘기지 아니한 전후 세대로서 심정적으로 차별이 없을 수 없는 일본에서 개척자적인 진취의식으로 새로운 비즈니스 세계로 발전시킨 그의 놀라운 능력과 의욕을 현대 젊은이들이 많이 본받았으면 하는 바람에서이다.

또한 참으로 세계와 미래를 밝히는 재일한국인 기업가로서 근년 일본 대지진 복구에 1300억 엔 기부, 태양광 에너지 발전 사업에 수천억 엔 투자, 한국에 데이터센터 설립을 결정하는 등 그의 열정과 집념, 꿈의 실현을 위한 부단한 노력이 일본 유명 인사들로부터 다음과 같은 평가를 받게 되었던 것이다.

샤프 고문인 사사키 다다시는 "스스로 택하고 결정한 일에는 열과 성을 다하는 손 회장은 언제나 밝고 아이디어가 기발한 순정파입니다."라 하였으며 일본종합연구소 이사장인 노다 가즈오 씨는 손 회장이 미국 UC 버클리를 졸업하고 귀국한 다음해에 대면했을 때에 "'왜 실리콘밸리에서 사업을 하지 않나?'라고 물었을 때에 그는 '일본을 좋아하기 때문입니다'라며 빙긋 웃었다. 그 때에 나는 '하하, 이 사람 나중에 틀림없이 일본의 컴퓨터업계를 선도할 인물이 되겠구나'라고 직감했다"고 한다.

한편 도라노몬병원 분원장인 구마다 히로미쓰는 "그는 사람을 매료시키는 마약과 같은 향기를 풍기면서 늘 어제와 다른 새로운 모습으로 우리 앞에 나타납니다"라고 평하였고, 일본 도쿄상공회 의소 특별고문 오쿠보 히데요 씨는 "보통 사람이라면 현재 자신의 위치를 견주어 누구든지 무리라고 여길 만한 일을 손정의 씨는 '아니 이렇게 해야 한다'는 식으로 생각합니다. 그에게는 지금이 문제가 아닙니다. 일본 개화기의 선구자 사카모토 료마가 그랬듯 이 말입니다"라고 손 회장의 선구자적인 자질을 일찍이 지적한 바 있다.

3. 한국 산업화 초창기, 플랜트 수출을 개척한 현대, 삼성그룹 최고경영자 출신 정웅 씨

우리 한국의 산업화가 본격적으로 진행된 1970~80년대에 현대 그룹과 삼성그룹 임원(상무→사장)으로 오래 근무하였던 효천 정 웅 씨가 해외에 턴키베이스 플랜트 수출을 담당하고, 당시 단순 하청수준의 무경험단계에서 선진국들과 경쟁하면서 비록 컨소시 움(Consortium) 베이스이긴 하지만 주계약자인 원청회사(prime bidder)로서 큰 프로젝트 수주에 성공한 체험담을 2012년 3월 그의 공군 예비역장교 동기생 모임에서 발표한 내용을 간추려 소개한다. 전 문분야라서 기술용어나 사업방법에 대한 구체적인 내용은 생략하기로 하고 당시 우리나라 경제사정 아래에서 조국 근대화 추진에 일익을 담당했던 이 분야에 종사한 여러분들이 겪은 고뇌와 각고의 노력을 기울인 과정을 개괄적으로라도 알리기 위해서이다.

정웅 씨

1) 한국 플랜트 수출현장에서 뛰던 시절의 이야기

우리나라는 1945년 광복 이후, 계속되는 절대 빈곤과 미국과 소련이 배경이 되는 좌우파의 사상적 갈등 가운데 나라가 지극히 불안한 상태에서 6 · 25 북한 남침을 맞았으니, 그 국가적 혼란과 고통은 형언하기 어려웠고, 6 · 25전쟁으로 빈약한 상태의 산업기반이 완전히 파괴되어, 사실상 재기불능에 가까운 비참한 상황이 되었다.

2) 한국 경제의 어제와 오늘

1인당 국민소득 — $78 /1962 년, vs $20,000 / 2012년
[구매기준 : $30,000]
수출 실적 — 0,54억 불/1962년, vs 5,552억 불/2012년

2011년 외한 보유액 — 3,300억 불/2012년 1월 기준 [세계 4위]

수출입 금액 — $1조 [세계 8위]

수출 주종품 — 전자, 중공업, 정밀공업, 화학공업, 기술 부문, 경
　　　　　　공업, 건설 및 플랜트 사업 등

　이 중 플랜트 사업부문에 대하여, 실제 예를 들어 국제시장, 경
쟁 입찰 등의 과정을 살펴본다. 플랜트 수출은 각 기술 분야의 종
합적인 결합으로 이루어져, 마치 교향악단 연주처럼, 상당이 복
잡하고 손익예측이 매우 어려운 분야이다. 1970년대에 한국 기업
이 본격적으로 이 분야를 개척하기 시작한 초기에 우리나라는 세
계시장에서 전혀 실력을 인정받지 못하여 선진국 회사의 하청 회
사로서 출발할 수밖에 없었다.

　그러나 지금은 국가경쟁력이 향상되어 있어 원청회사로서
(Prime Contractor) 종합능력이 세계적 수준이 되었다. 특히 지난
실적을 비교하면 이해가 쉽다. 1960년 후반부터 1990년 후반까지
우리나라의 30년간 플랜트 수출 및 토건사업의 수주 총 누계 금
액은 약 1,500억 불(토목, 건축, 플랜트 공사 계약)이나, 지금은
2011년 한 해에 약 700억 불(플랜트 사업이 주종)을 계약 실행하
였으니, 높아진 경쟁력에 놀라울 뿐이다. 이 분야 수출로서도 국
가경제에 큰 보탬이 되고 있다.

(1) 국가 경쟁력

　하버드대학 포터(Porter) 교수의 저서 『The competitive advantage

of nations』[3]에서 한국이 급속한 산업화가 가능하게 된 것은 높은 교육수준의 풍부한 노동력이 뒷받침됨으로써 국가경쟁력이 제고 되었다는 지적이 있듯이 한국은 해방 후 논밭을 팔아 무조건 자 식들에게 고등교육을 시킨 부모들의 희생으로 국가는 고급인력 을 확보할 수 있었다.

때마침 탁월한 혜안을 가진 지도자를 만나 한국의 산업화 과업 이 시작되었으니, 기술도 없으며 축적된 자본도 없고, 경험 또한 전무하고 오직 고등교육을 받은 노동력만이 전부였던, 한국의 사 회적 구조에서 수출입국(輸出立國)의 깃발을 높이 든 지도자가 수 천 년 계속된 고질적 빈곤을 해결하는 기틀을 마련하고는, 타의 에 의하여 세상을 떠났다. 이는 사회적 갈등 속에서 미국의 국가 통합을 위한 과정에서 링컨 대통령이 가혹한 독재의 수단으로 국 가의 기초를 마련한 후, 반대세력에 의한 암살테러에 운명한 것 과 유사하다. 그러나 언제나 링컨 대통령은 민주화의 얼굴로 지 금도 국민의 추앙을 받고 결코 독재의 단점이 부각 되지 않는다.

(2) 우리 민족의 타고난 재능

우리 민족 최대의 유전적 특성은 남녀를 불문하고 손재주가 대 단히 뛰어난 점이다. 여기에 고등교육으로 젊은이의 내공을 받쳐

3) The competitive advantage of nation ; 국가 간의 경쟁력.

주니 심리적인 의지력도 강하다. 지난 수천 년간 조선남녀의 모든 의복은 여인의 손놀림으로 지어졌고, 그 손놀림의 미적 수준은 가히 세계적이라 할 수 있다. 예를 들어 여인의 수공예 부문의 퀼트(Quilt)[4]바느질 솜씨를 보면, 2.5cm 길이, 1.5mm 직경의 바늘로 샤넬보다 좋은 명품 핸드백을 만들고 왕조시대의 임금의 용포와, 숨을 멈추게 하는 한 땀, 한 땀 수놓은 용의 모습, 학의 모습에서 일상 속 작품의 예술성을 발견하게 된다. 재봉틀도 없는 왕조시절 우리 여인들이 손놀림 하나로 이 나라 국민의 의복문제를 해결한 타고난 본능적 기술이다. 또한 남성의 경우도 비슷하니 즉 그들의 장인정신과 손놀림은 본능적으로 예술성을 갖추고 있다. 석굴암, 다보탑, 백제의 향로 등은 손놀림과 장인정신이 결합하여 만들어 낸 예술품의 극치이다. 이 본능적 재주는 급격히 산업화가 필요한 이 나라의 요구에 기꺼이 부응할 수 있었고, 그 연장선상에서 오늘까지 이어져 전자, IT산업, 자동차, 조선, 정밀기기 분야에서 세계를 제패할 수 있게 된 것이다

(3) 수출로 부(富)를 이룬 나라

40여 년 전 우리의 수출은 미미하였으나 전술한 장인정신과 손놀림의 본능적인 재능은 의류, 가발, 신발 등의 경공업제품 수출에 큰 발판이 되었고 수출입국(輸出立國)한 제품으로 이어져 중공

4) quilt ; 정밀 수예품.

업, 전자부문, 플랜트 사업, 우주산업, 군수산업 등으로 연결되어 수출입국의 국가목표를 성취하게 되었다. 이제는 세계경제에서 7, 8위의 거대한 수출국가가 되었으니, 처음으로 수출과 수입의 합계총액이 2011년에 1조 달러의 선을 넘었다. 정말 믿기 어려운 목표를 달성한 것이다.

오늘날 서구 선진국 모두가 겪고 있는 고통은 자본주의 특성인 시장원리를 통한 부를 추구하니 사회적 양극화가 심화되고 국가 간의 양극화도 심화되어가는 현상이며, 더욱이 정치인들이 외치는 무한복지정책이 국민을 착각하게 만들어 사회적 불안과 불평을 가속화시키고 있다. 이는 제도적 보완으로 해결해야 할 문제이지, 우리 세대가 지난 40년간 경제발전에 엄청난 노력을 쏟으며 살아 온 형극의 길이 자본주의 4.0을 완성하는 데 방해가 되는 것처럼 오늘날 잘못 주장하는 일부 젊은이들의 사고방식에 황당한 생각이 든다.

(4) 실제 실행한 Turn key base의 담수화공장 계약과 준공 개요[5]

1977년 중반 Kingdom of Saudi 수 · 전력청(정부예산: 1억 7천만 불(현재 경제지표 고려시 약 5억불 상당의 공사))이 발주한 담수화 공장(Seawater conversion plant: 계약금액 1.52억불), 입찰서는 A4

• • • • •
5) Turn Key Base ; 공사의 설계, 시공, 시운전을 총체적으로 책임지는 계약 방식.

용지를 기준하여 영문으로 기재된 약 10,000페이지 정도이며 그중 80%는 기술서이고 20%는 Commercial Part이었다.

당시 계약금액에는 수주를 위한 Contingency Sum(예비비(豫備費))도 없고 Profit도 포함 안 된 견적가격 1.6억 불에서 천만 불을 추가 삭감안을 최종 보고하고 입찰가격을 1.52억 불로 결재를 받았다. 정웅 씨는 공사기간 중 부분적인 설계변경(design change)을 통하여 중요한 공정(process)에 소요되는 기자재의 단가를 상향 조정하여 약 2천만 불의 추가공사계약을 하면 상당한 이익이 예상되므로 이를 실행하여 당시 예상된 적자를 전적으로 감소시켜 소액의 흑자를 시현하겠다는 담당 사장과 내부약속을 하였다.

공사 계약의 Package B는 2년 후 준공되어 35년이 된 지금까지 잘 운영되고 있다. 준공된 후 사내 공사비 정산 시 약간의 적자를 기록하여 정 회장으로부터 작은 책망을 들었으나, 곧 이어 수주한 신규 플랜트 공사로서 흑자를 충분히 시현하여 회사의 이익창출에 도움을 주었다. 이는 정웅 씨가 35년 전 중역시절의 기억을 더듬어 설명한 개괄적인 내용이다.

다음은 위와 같이 현대그룹(산업개발사)의 정웅 씨가 전무직에 오르기까지 플랜트 수주 경력을 쌓은 뒤 끈질긴 스카우트에 끌려 삼성그룹의 종합중공업회사에 전직하게 되었다. 이 회장이 사장단회의 주재시 회의가 끝날 무렵 회의장 말석에 앉아 경청하던 정웅 씨가 손짓으로 회장에게 불려갔다. 손을 내밀어 악수를 청하면서 "잘 부탁한데이" 하는 말씀을 하셨다. 아마도 관련 타사의 경영진들에게 협조를 부탁하는 뜻이 포함되어 있는 듯 했다.

여러 사업단으로 구성된 그룹 내에서 기계사업단의 영업을 총괄하는 업무가 배정되어 전 직장에서 계속하던 업무이니 즐거운 마음으로 1년을 넘게 봉직하고 있던 어느날 이 회장이 비서실장과 함께 50여 분 동안 여러 현안을 이야기하면서 중장비제작회사-중장비사업단-를 책임을 지고 경영하라는 제안이 있었다. '야 이것 큰일이구나! 지난 10년간 수많은 최고경영자들이 사라져 간 바로 그 보직이구나.' 묵묵부답의 순간이 흘렀다. 말씀의 결론이 '아무리 보아도 정군 밖에 맡을 사람이 없다'라고 강한 어조로 배경 설명을 한다. 7월 초에 제안을 받고 2개월을 버텼다. 계란으로 바위치기지! 결국 9월 초에 부임하였다. 기억을 더듬어 보니 아마도 1986년경의 일이며 당시 회사의 기본사항은 아래와 같았다고 한다.

> 공장소재지 : 경남 창원시 산업공단 내
> 불입 자본금: 750억 원 (전액 잠식됨)
> 누적 적자 : 약 1,100억 원
> 누적 악성 미수금: 약 900억 원(60% 정도, 추후 대손 처리)
> 직원 : 약 2100명
> 기술 제휴선: 프랑스
> 경영 점수 : 그룹사 중 최하위

정 사장은 개기월식(Eclipse)의 깜깜한 밤에 강한 찬바람마저 몰아치는데 혼자서 칠흑 속 하늘에서 달을 찾는 느낌이었다. 이 비

사우디 공장 현장시찰(좌단 정사장)

극적 사태를 가장 빠른 시일 내에 해결하는 길은 발상의 대 전환부터 이루어져야 하므로 즉 경영상 구조적 문제를 파악하여 과감하게 조정하여 제작비용을 최대한 감소시키는 일이다. 일반적으로 회사의 기술수준이 매우 낮고 영업력이 부족할 때 선진국 회사와 기술제휴하여 그 동력으로 운영되는 것이 상례이다. 이 회사도 지난 10여 년 동안 프랑스 기술제휴선의 기술적 Management 아래 운영되어 왔다. 그러나 당시의 공장 제조원가는 국내 시장의 판매가를 초과하는 기현상이 초래되어 운영이 계속될수록 누적적자가 상승하는 형국이었다. 이것은 기술제휴상 3가지 심각한 문제점 때문에 야기되는 현상임을 확인하였다.

첫째, 오늘 현재 당사의 기술(설계, 제작, 운전) 수준이 자립이 가능한가? 참으로 경영자가 결정하기 어려운 문제이다. 사내에 기술제휴회사에 의지하는 습관적인 정서가 만연하지만 정 사장 자신은 직원들이 충분히 훈련을 쌓았으니 자신감을 가지고 자립할 단계로 판단하였다.

둘째, 기술 제휴선에서 공급하는 장비의 주요부품인 엔진 등은 국제시장가격보다 10~25% 비싸게 공급되고 있으며 품질도 균일하지 못하다. 품질과 가격의 문제점이 매우 심각하다.

셋째, 모든 기술제휴선이 그러하듯이 반드시 회사의 영업제한 조항을 부가한다. 즉 수출은 불가능하고 오직 국내시장에서 판매가 가능하다. 소위 Territory Restriction이 존재하므로 이는 즉시 삭제해야 할 절대절명의 조항이다.

① 이 난관을 어떻게 극복할 것인가? 결심을 굳혔다. 기술제휴 계약을 즉시 파기하는 것이다. 그러기 위해서는 기술제휴사가 공급하는 1년간 소요될 중요부품을 미리 수입, 확보하여 생산 라인에 차질이 발생하지 않도록 준비하고 즉시 자체설계를 착수, 제작을 할 수 있는 도면과 사양서(Spec.)를 연구 검토하여 단독생산이 가능하도록 하였다. 그 뒤 이를 선진제국의 특허청에 제출하여 특허 침해 여부를 확인하는 제반서류도 준비하였다. 원가절감 예를 들면, 기술제휴를 파기할 경우 자사 중장비의 모든 외형설

계(Style Design)를 다시 해야 하는데 Style Design은 이태리 것이 가장 품질이 좋다. 기본 모델의 외형설계의 견적을 받으니 pony 1 외형설계비와 비슷한 미화 백만 불이다. 국내 대학 산업디자인학과 교수들과 우리 돈 삼천만 원에 계약하여 표준모델 외형설계를 변경하였다. 지금도 그 외형이 국내외 현장을 달리고 있다.

② 영업담당 임원을 프랑스 파리 소재의 제휴사에 파견하여 기술제휴 파기 공문을 전달하여 대소동이 일어났다. 민사소송을 한다고 협박을 하고 상호간에 불편이 따랐다. 회사의 존폐가 걸린 문제라서 그룹 내에서도 비판과 찬성으로 의견이 갈리면서 긴장이 감돌았다. 책임경영을 하는 입장에서 외부의견은 고려하지 않기로 하였다. 영업임원을 2차로 파리에 파견하여 오랫동안 협상 끝에 합의한 보상금을 지불하고 쌍방간 법적으로 문제가 안 되도록 모든 계약을 종결하였다.

③ 세계시장에서 자유로운 상황에서 구매한 부품과 자체설계로서 생산한다는 자신감으로 창원의 대형공장에서 첫 국산(Made in Korea) 제품의 표준형 굴삭기가 공장의 제품 출하 라인에 대기 중에 마침 부회장(그 뒤 회장)께서 창원지역 사업장 순방 중 현장을 방문하여 국산 1호기를 보시고 첫 말씀 "정 사장, 직접 운전하여 Road Test를 해 보았어요? 벤츠(Benz)가 무엇입니까? 상하 모두가 품질을 최우선으로 생각하는 승용차이지요." 잠시 스스로 할

삼성 클라크 공장 전경

동사 대표이사 시절(앉은이, 우측)

말을 잊었다. 그해 첫 국산화 제품출하의 노고에 대하여 국무총리상을 수상하였다.

취임 4년이 지난 후 처음으로 세전(稅前) 흑자가 시현되었다. 기본구조가 확실히 변경되어 향후 수 년간 흑자 시현이 가능한 것으로 판단하여 미국에 첫 해외지점을 개설하였다. 어느 날 중공업+Clark 한미합작회사인 지게차(Forklift) 제작회사의 대표이사로 겸임발령이 나서 더욱 시간을 나누어 써야 했다. 한국과 미국 사이를 왕복하면서 매 분기 이사회를 실시하였으니 서로 간 경영상 작은 오해도 없이 연간 약 10,000여 대의 지게차를 수출할 수 있었다.

그러나 L회장님은 중장비사업의 경영정상화의 약속을 이행한 보고를 미처 받지 못하시고 유명을 달리하셨다. 그동안 수많은 경영정상화회의를 통하여 전하여 준 큰 명제는 회사는 생명이 있는 것, 꾸준한 마음으로 일구어 나가는 것이 바른 길이라는 훈도였다. 우리 세대가 발상전환의 자세로 개척한 세대라면 지금의 젊은이들은 무한창조와 신개념 적용의 세대일 것이다. 이제 정사장으로서는 소임이 끝이 났으니 자유인이 되고자 조직을 떠난다. 그 후 국가 전체로 IMF위기가 다가올 때에 중장비제작회사는 스웨덴으로, 지게차 제작회사는 미국으로 매각되어 외화가 충당되어 S그룹의 경영상 필요한 현금수요에 도움이 되었을 것이다.

미국의 현역 소설가이며 영화 사나리오 작가인 Nicholas Sparks의 말을 인용하며 끝맺고자 한다. "April gave way to May, Don't sell yourself short"(자연스럽게 4월은 5월에게 자리를 양보한 것처럼, 젊은이에게 자리를 내어준 노인이지만 스스로 당당하여라). 정 사장 자신은 2012년 4월 4일자 『조선일보』 경제면 해당 페이지의 1/3을 차지한 상기 스웨덴 회사 볼보(Volvo) 한국 법인의 CFO가 인터뷰한 기사에서 회사 인수 후 10여 년 만에 눈부신 발전을 이룩한 사실 기록을 보고 가벼운 마음으로 이상과 같이 지난 기억을 담담히 말해온 것이다.

세계적인 대기업 발전에 공헌한 만학의
K, L공학박사

1. DuPont에서 40년 세월을 보내는 김태훈 박사

김태훈 박사는 1974년 11월에 미국 텍사스 소재 DuPont사에 근무를 시작하여 현재도 컨설턴트로 계속 일하고 계신 분이다. 그는 40년 세월을 이 회사의 발전과 함께 해오신 가운데 어느덧 70대 중반에 접어든 노인이다. DuPont사는 1802년 프랑스에서 이민 온 화학자가 화약회사로 시작해서 20세기에 세계적인 화학, 에너지, 새로운 상품 제조회사로 성장하였다. 1920년대부터 새로운 발명에 역점을 두어 Nylon, Teflon, X-Ray필름, 안전유리 등을 발명했으며 1970년대부터는 에너지 절약, 자원 재활용에 치중한 제품(견고하고 가벼운 프라스틱, 자동차 안전을 위한 에어백(Air Bag), 방탄조끼에 쓰는 Kevlar)을 생산하기 시작하였고 21세기에는 생명공학, 전자분야, 새로운 소재 개발과 안전지식에 역점을 두고 환경보존에 많은 투자를 하고 있다.

김 박사는 1960년대 초에 서울공대를 졸업한 뒤에 공군 기술장교로 복무하였고 만기 제대 후에 대학전공에 맞추어 섬유산업의 당시 삼호계열인 대전방적 증설에 참여하여 공장에서 약 2년간 근무하다가 1968년에 미국 유학 길에 오른 만학도이었다. 당연히 대학시절 전공인 섬유공학을 택하여 은사의 추천으로 장학금을 받게 된 Georgia Tech University로 가던 그의 발길이 중간 경유지인 댈러스에서 학위를 끝내고 직장생활 하고 있는 서울공대 섬유과 동기인 이재신으로부터 미국서 이미 사양길에 들어 선 섬유공학 대신에 화학공학전공으로 바꾸도록 권유하는데 공감하여 University of Texas Austin에서 석사, 박사과정으로 진로를 바꾸어 공부하게 되었다.

학비를 마련하기 위해서 우선 한 학기 동안 일을 찾는 중에 한창 월남전으로 수요가 많은 구형 프로펠러 비행기 개조공장에서 일하게 되었는데 국내에서 공군 비행정비장교로 복무한 경험이 크게 도움이 되었다. 이러한 인연으로 그 후 학교에 가서 공부하는 동안에도 여름방학이나 짧은 방학에도 그 회사에 와서 계속 일해 달라는 요청을 받아 일하곤 했었고 오랜 세월이 지난 지금도 그 회사주인과 서로 친하게 연락하고 지내는 사이가 되었다.

텍사스대학교 대학원 입학 전에 군과 직장생활 약 10년을 보내고 영어실력도 연마하지 못한 채 들어간 석사과정 학업이 전공까지 바꾸고 보니 여간 힘든 것이 아니었고 Advisor가 학부과정 4년 화학공학 과목을 한 학기 보충 수강하도록 지도해주어 그 뒤 2년의 석사과정을 어려움을 겪어 가면서도 마칠 수 있었던 것은 공군 장교시절 같은 내무반원이었던 서울공대 동문(조영래, 1년 후배)이 전기공학 전공이었지만 1년 먼저 같은 학교 석사과정에 들어와서 근처 허름한 아파트에서 함께 룸메이트로서 생활하면서 학교생활에 대한 많은 조언을 해주어 어려움을 잘 극복할 수 있었다고 한다.

더욱이 Advisor와 2년간 연구하면서 석사과정을 마치고 이어 박사과정에 들어간 뒤에는 지도교수는 아니었지만 화학공장 경험이 많은 Joel Hougen 교수가 여름방학동안 Consulting 일을 하면서 도우미로 자주 따라가게 되어 그로부터 많은 현장경험과 지식을 얻게 되어 뒤에 DuPont사에서 일하는데도 많은 도움이 되었다. 이와 같이 Hougen 교수는 한 식구 같이 무슨 때가 되면 같이 모여 그의 손주가 김 박사 큰 아들과 나이가 같아서 만날 때마다 서로 키 큰 자랑을 하느라고 Baby Contest를 하면서 웃곤 하였다. 몇 년 전 Hougen 교수는 92세를 일기로 세상을 떠났다고 하며 김 박사가 미국에서의 엔지니어생활을 지혜롭게 살도록 이끌어준 훌륭한 멘토였다고 한다. 심지어 그가 가르쳐준 Interview Technique은 학위를 마치고 Exxon, Union Carbide, DuPont에서 취업 제의를 받

Houston 교수 내외와 김 박사 내외분

고 이를 선택하는데도 도움을 주게 된 것이다.

  DuPont의 첫 근무지가 마음에 들어 시작된 직장생활이 현재까지도 이어져 온 이유도 지난 인생의 방향 설정이 시의에 맞았고 주위분들의 호의와 도움이 컸기에 가능하였음을 감사하지 않을 수 없다. 첫 근무지는 텍사스와 루이지애나의 접경지역 Orange에 소재한 Nylon화학섬유생산 중간재를 만들어 내는 공장이었고 여기 연구개발부서, 생산기술부서 등지에서의 근무와 프랑스 화학회사 Rhone Poulene와 라인강가에 세운 합작공장에서 기술담당을 하면서 지낸 세월이 30년을 넘게 되었다.

  몇 년 전 김 박사가 DuPont에 은퇴의사를 밝혀 회사측으로부터 일단 은퇴는 하되 Consultant로 계속 머물러 달라는 요청을 받아들

소련방문시 그곳 연구진들과 함께(우측이 김 박사)

여 한때는 Full Timer로, 이제는 Part time으로 나가면서 근처 Lamar 대학(14,000명) 연구실에서 학생 연구지도와 강의를 맡아하면서 지내고 계신다. 이곳 연구실은 그가 DuPont에 있을 때 산학협동 연구를 하면서 만들어 놓아서 Microwave를 이용해서 환경오염물질을 파괴하는 연구를 하고 있다.

　DuPont에서의 김 박사의 연구는 주로 새로운 아이디어를 제품 생산에 직접 적용해서 생산 원가를 절감하고 안전을 위한 장치의 고안, 개발에 중점을 두어 사고방지에 많은 공헌을 했다. 대학에서의 연구는 이론을 중시해서 석사, 박사과정을 하고 있는 대학원생들과 연구결과를 학회지나 여러 journal에 내는 데 중점을 둔다. 만학의 대학원과정 유학생활로 개척해 온 김 박사의 삶의 신조는 Samuel Ullman의 시 "Youth"에서 기술한 청춘관으로 오늘도 정신적인 건강유지방법과 젊은이들에게 귀한 가르침으로 메아리 치고 있는 것이다.

김 박사가 애송하는 「청춘」 시 번역문을 아래에 싣는다. "청춘이란 인생의 어느 기간을 말하는 것이 아니라 마음의 상태를 말한다. 청춘이란 인생의 깊은 샘물에서 오는 신선한 정신, 유약함을 물리치는 용기, 안이를 물리치는 모험심을 의미한다. 세월은 우리의 주름살을 늘게 하지만 열정을 가진 마음을 시들게 하지는 못한다." 이상 조동성 씨가 번역한 Samuel Ulman의 "Youth"의 구절을 인용하면서 남녀노소를 불문하고 모든 사람의 가슴속에는 젖먹이 아이와 같은 미지에 대한 끝없는 탐구심, 삶에서 환희를 얻고자 하는 열망이 있는 법이므로 이를 살리며 살아가는 것이 의미 깊은 것이라 하겠다.

2. 삼성전자 신제품 핵심기술개발에 젊음을 바친 이주형 박사
: 전기공학 전공 살린 공군 복무와 연구생활 지속으로 만학의 박사가 되다

이주형 박사는 1962년 인하공대를 졸업하고 공군 통신장교로 4년간 복무를 마치고 원자력연구소와 한국과학기술연구소 등지에서 약 10년간 연구생활을 한 뒤에 1977년 2월부터 23년간 삼성전자에서 신제품의 연구개발과 생산 및 사업화를 추진한 바 있고

삼성전자 전무이사로 초대 기술총괄과 고문으로 현역에서 은퇴하신 우리나라 전자산업발전의 역사적인 주역들 중 한 분이다. 그의 전공분야지만 신제품 개발은 창의적인 아이디어와 끊임 없이 새로운 문제를 해결해야 하는 "고난의 행군" 그 자체였다. 마치 거친 파도와 풍랑을 헤쳐 나가는 쪽배의 항해사 역할과 같은 것이었다.

한편 새로운 연구를 하려면 학문적인 뒷받침이 있어야 하고 기술 발전의 흐름을 파악해야 하며 부족한 부분은 대학, 연구기관과의 산학협력으로 공동연구도 필요하다. 지난 50년간 이 박사 자신이 땀 흘려 온 직장생활과 연구활동에 관한 부문별 성과를 구체적으로 기술하기에 앞서 연구개발 업무와 학문적인 성취도 병행되었던 것이기에 계속 근무하면서 그의 모교인 인하대학교에서 밟게 된 석사 및 박사과정을 먼저 약술한다.

먼저 석사입학은 대학 졸업 후 12년 만인 1974년 3월인데 당시 KIST에서 첫 전자교환기의 시작품 개발이 끝나고 연구과제인 교환기의 통화로부에 관한 연구로 2년 반 뒤인 1976년 8월에 석사학위를 받고, 바로 박사과정에 진학하려 하였으나 교환기 개발을 마무리하고 삼성전자에서 사설교환기 생산이 안정된 1982년 3월에야 박사과정에 입학할 수 있었다. 당시 그는 구미공장에서 통신연구소장과 사설교환기 사업부장으로 근무하며 영업부서가 있는 서울에 자주 갈 기회가 있어 회의도 강의시간에 맞추려고 노

력하였지만 어쩔 수 없이 결강하는 경우도 있었다. 다행히 1983
년 초에 연구소가 부천으로 이전하여 모교인 인천과 거리가 가까
워 수강이 용이해졌으나 이동통신기와 팩스 개발로 너무 바빠서
공부하는 데 애로가 많았다. 박사학위는 입학한 지 8년 만에 팩스
에 관한 논문으로 받게 되었다고 한다.

1) 최첨단 이동통신기기 및 HDTV 연구 개발과 사업화

이 박사는 공군통신장교로 복무하는 기간 다양한 통신장비를
접할 수 있는 기회를 가졌고 대류권 산란(Troposcatter)통신장비 등
최첨단 상용기기 시험사용과정에서 오히려 신기술을 빨리 습득
했던 값진 경험을 하였다 전역 후 여러 군데 입사제의가 있었으
나 미국 COLLINS RADIO 한국지사로 들어가서 한국체신부, 육
군의 통신망 현대화 프로젝트에 참여하였고, 공군의 Troposcatter
보다 더 신형인 마이크로웨이브 다중통신망에 대한 기술을 습득
할 수 있었다.

이 박사는 진공관 위주 교육을 받아 반도체 관련 분야 공부가
장래 발전에 부합하리라고 보고 먼저 원자력연구소로 옮겨 방사
선 계측기와 반도체회로 응용연구를 하였고 저잡음 증폭기를 수
신기에 부착하는 아이디어를 TV에 응용하여 양질의 화면을 볼
수 있는 신제품 개발에 성공한 바 있다.

1972년 초 KIST에서 전자교환기 개발 프로젝트가 시작되었고

이주형 박사 개발참여 수상기념 신문광고

약 1년 만에 국내 최초의 전자교환기 시작기(K1TCCSS)가 완성되어 국내업체와 상용화 개발 계약을 추진하였으나 이루어지지 않아 같은 해 미국 GTE 전자교환기 전문가 4명이 KIST 방문조사 후 1974년 초 사설교환기 개발계약을 체결하여 2년 걸려 국내 최초로 사설전자교환기 상용화 모델 GTK−500, GTE/KIST−500을 개발 완료하였고 국내 생산을 위해 GTE가 삼성전자와 합작파트너로 선정되자 1977년2월 KIST 연구원 12명을 이끌고 이 박사가 삼성전자 부장으로 입사하여 양산기술을 개발하여 상품명 SENTINEL로 1978년 5월 첫 상용서비스를 시작하게 되었다.

이 과정에서 실험실과 달리 현장에서는 많은 문제점이 발생하여 고충이 많았다. 당시 국내 통신기 개발이 전무했던 상황에서 KIST에서 개발한 제품이 기술적인 문제로 사업화에 실패한다면 누가 국내 기술능력을 믿고 개발에 투자하겠는가? 성공하지 않으면 향후 국내 개발은 어려울 것이다. 반드시 성공해야 한다는 사

이주형 박사의 기술개발주도로 각종 표창을 받음

명감과 강한 의지와 용기로 끝까지 포기하지 않고 열심히 일했다고 당시를 회상한다. 이후 계속 신모델을 개발하여 당시 사설(구내)교환기 시장점유율이 70%에 육박할 만큼 성공을 거두었다.

당시에는 가정용 전자제품뿐만 아니라 거의 모든 제품을 해외로부터 기술도입 생산하던 시기에, 국내 기술로 최첨단 기술제품인 사설전자교환기를 국내 최초로 개발하여 사업화에 성공한 것이, 국설교환기 개발까지 연결되어 오늘날 IT산업이 국가의 성장주도산업으로 발전할 수 있도록, 첫 걸음을 내딛는 데 큰 역할을 했다는 자부심을 가지고 있다. 그 과정에서 이 박사는 정부의 산업훈장, 3·1문화상 등을 수상하였으며 이러한 신기술의 상용화를 앞장서 지도함으로써 산학협동의 표본과 같은 존재였다. 그의 학문적 성취인 박사학위는 우리 기술로 팩시밀리를 개발한 학술적 이론을 정립하여 취득하였으며 입지전적인 삶을 산 증인이라 하겠다.

2) IT강국으로의 발전 원동력을 부단히 키워야 한다

젊은 시절 공군에서 통신망에 대한 값진 경험이 토대가 되어 전자교환기를 비롯한 여러 통신장비와 디지털 가전기기를 성공적으로 개발할 수 있었던 것은 긍정적인 사고와 용기를 가지고 도전했기에, 그리고 개발과정에서 풀리지 않는 문제에 부딪쳤을 때 누구의 조언도 받을 수 없는 상황의 고독감과 포기하고 싶었던 좌절의 심정을 강한 의지와 적극적인 노력으로 극복했기에 가능했다고 믿는다. 당시 국내 기술개발로 사업화된 제품이 별로 없던 시기이므로 정부 관리나 경영진을 설득하고 인식시키는 일이 가장 큰 애로사항이었으나 다행히 삼성전자 대표이사(강진구 씨)께서 기술개발에 대한 중요성을 잘 이해하고 적극적으로 지원을 해주었기에 여러 과제를 성공적으로 추진할 수 있었음을 첨언하고 싶다.

이후 팩시밀리와 이동통신전화기도 국내 최초로 개발 상품화에 성공, 다량보급에 크게 기여하여 삼일문화상 기술상을 수상하였다. 팩시밀리는 인터넷의 보급으로 시장이 급감하였으나 관련 기술의 파급으로 삼성전자의 프린터사업이 크게 성장하여 세계 시장에서 2, 3위의 업체가 되었고 현재 주력 상품 중 하나가 되었

휴대용전화기, 팩스 등을 개발한 실험실 일부, 이병철 회장에게 설명

으며 이동통신용 전화기는 스마트폰으로 발전하여 세계 시장점유율 1위가 되었다 1989년 초에는 가전부서로 자리를 옮겨 디지털 가전기기를 개발하였으며 특히 HDTV는 핵심부품개발을 적극 추진하여 제품의 차별화와 경쟁력 확보에 주력하여 오늘날 삼성전자가 전 세계시장 1위를 달성하는 데 크게 기여하여 흐뭇한 마음으로 바라보고 있다.

위와 같이 오늘날 우리나라가 세계적인 IT강국이 되는 데 이 박사 자신의 연구업적은 커다란 주춧돌이 되었다고 본다. 그동안 각 기술 분야에서 온갖 악조건을 극복하고 연구에 헌신적으로 참여했던 많은 연구진들에게 이 자리를 빌어 우리 모두 깊은 감사

西紀1989年(檀紀4322年) 3月15日 水曜日 (日刊)

30여년간 電子교환기연구…商品化 성공

京畿日報

3·1文化賞 기술상 수상한
三星電子가전부문연구소장
李周珩씨

◇3·1문화상 기술부문의 최고 영예스런상을 받은
이주형씨가 자신의 수상소감을 말하고 있다.

휴대용전화기등 서울올림픽때 공급
週末은 가족과함께 즐기는 전형적 技術人
TPH국산화 3백억 輸入대체効果

이주형 박사 소속 기술연구소 소재 지방신문에 계재된 기사

를 드려야 하겠다. 세계적인 기술전쟁에서 계속 우위를 점하고자
지금도 밤낮을 잊고 연구실에서 수고하는 많은 젊은이들을 격려
하고 국가적으로도 뒷받침해야 될 일이라고 강조하고 싶다.

자신의 학문세계를 개척한 유망과학자
C, K, L박사

우리나라가 지금과 같이 발전한 것은 지난 40년간 전자산업 및 중화학공업의 계속적인 발달로 반도체 등 첨단제품과 자동차, 선박 등의 본격적인 생산과 건설기술의 발전이 중요한 원동력이 된 것이다. 이의 뒷받침이 되는 과학한국을 이룩하는데 외국 유학 후 선진기술을 습득하여 귀국한 많은 인재들과 국내 이공계대학의 산학협력도 그 공로가 크지만 KIST, KAIST를 위시한 특수 연구기관 및 과학교육기관의 설립과 여기에 종사하는 과학영재들의 집중적인 연구 활동이 향후의 큰 성공을 기약하고 있는 점을 우리 모두 깊이 인식해야 될 것이다.

서울대학교 실험실에서 최 박사(중앙 앉은 이)

1. 서울대학교 교수 최석봉 박사

그간 국내에서 성장한 많은 과학인재들 중 현재 40대 초반의 유망과학자로 서울대 교수로 재직 중인 한 분 이야기를 먼저 소개한다. 2010년 12월 22일 교육과학기술부와 한국과학기술한림원(원장 정길생)은 '제14회 젊은 과학자상' 자연과학분야 수상자로, 물리학의 최석봉(崔錫棒, 40세) 서울대학교 부교수를 선정하여 대통령상을 시상하였다. 물리학분야 수상자인 최석봉 부교수는 나노소자 동작을 측정할 수 있는 시공간을 획기적으로 확장하고, 특히 소자가 나노미터 크기로 점차 작아짐에 따라 2차원에서 1차원으로 특성이 변환된다는 사실을 예측·실증하여 차원 사이에 존재하는 보편성을 세계 최초로 규명한 점을 인정받아 수상의 영

뒤 둘째 줄 좌측 두 번째(최 박사)

예를 안았다.

최석봉 교수는 국내 최초의 과학영재고등학교였던 수원 소재의 경기과학고등학교 2학년 재학 중 KAIST 입학시험에 월반 응시해서 수석으로 합격하여, 당시 매스컴의 집중조명을 받았고, 정부의 국무총리(김정렬)가 직접 내교하여 격려해주고, 꿈나무 키우기 정책으로 스웨덴 스톡홀름의 노벨상 시상식을 참관토록 파견하여 준 일도 있었다. KAIST 졸업 후 해외유학을 준비하는

한민족 새 디아스포라

196

중에 KAIST 지도교수의 권유로 동 대학원에 진학하여 석, 박사학위를 받고 동 대학원 연구교수로 있다가 버클리소재 국립 Lawrence연구소에서 Post－Doctor과정을 이수하며 집중적인 연구를 한 끝에, 국제적으로 권위 있는 과학연구저널인 『사이언스(Science)』지에 제1저자이자 교신저자로 연구논문을 게재한 바 있다. 이 논문을 통하여 나노미터(10억 분의 1미터)－피코초(1조 분의 1초) 시 공간을 최초로 탐험하고 자성 소용돌이 동력학이라는 새로운 학문 분야를 창출하여, 국제학회의 한 연구 분야로 자리 매김하였고, 그 논문이 지난 5년간 200회 가까이 인용되는 등, 해당분야 연구를 선도하고 있다.

이후 서울대학교 물리학부에 교수로 부임하여 국내에서 새로 시작한 연구결과로서 역시 국제적으로 권위 있는 과학연구저널인 『네이처(Nature)』지에 교신저자로 논문을 게재하였다. 이 논문은 나노소자에서 2차원과 1차원이 중첩되어 변화한다는 새로운 사실을 실증하여, 발표 직후 국제학회에서 가장 관심 있는 연구주제로 거론되는 등, 새로운 분야의 창출을 예고하였다. 이 논문은 국내 박사학위 취득자인 최 교수가 아이디어 창출부터 실험, 분석까지 독자적으로 연구를 이루어 낸 매우 고무적인 성과이다.

서울대 교수 재직 중에도 최 박사는 미국 버클리 국립 Lawrence 연구소에 가서 많은 연구실적을 쌓았다. 이전에는 과학기술의 발전이 선진국을 중심으로 주도되어 왔기에, 한국의 영재들이 선진국에 유학을 가서 학위를 받고, 현지에 정착하는 경우가 많았으나, 근래에는 외국에서 학업을 마친 후 국내로 돌아와 헌신적인 연구로 우리나라 각계의 발전에 기여하는 경향이 있다 하지만 과학 분야의 연구에 선진국 전문가와의 공동연구에 참여하여 연구발표를 함께하는 경우가 대부분이었다.

이제는 우리나라의 연구 수준이 부분적으로는 선진국의 수준을 능가하고 있고, 한국인의 순수 독자적인 연구가 세계에서 두각을 나타내는 경우가 점차 많아지고 있다. 최 박사의 경우 한국인 독자적인 연구발표로 세계에서 주목을 받고 있는 대표적인 예라고 하겠다. 오늘날과 같은 과학기술 글로벌 시대에 최 박사는 국내에서 착실한 학업 및 연구과정을 마치고 세계무대에 나가 중요한 연구업적을 쌓고, 현재 국내 영재들을 지도하며 꾸준히 첨단적 연구발표를 계속하여, 우리나라는 물론, 오늘날의 세계 과학기술의 발전을 선도하고 있다.

2. 서울대학교 자연과학대학 교수 김빛내리 박사

2012년 10월 『아시아경제』 정종오 기자의 보도에 의하면 2004년 서울대 생명과학부 조교수로 부임한 김빛내리 교수가 2010년에 우리나라 기초연구 최고 레벨이며 국가로부터 연구지원금을 받는 국가과학자가 되었는바 생명과학 분야에서 전 세계 과학계의 관심을 모은 바 있다. 앞서 2006년에 마크로젠 여성과학자상,

2007년 로레알 유네스코 세계 여성과학자상 등을 수상한데. 이어 2010년 세계적 생명과학 분야 학술지인 『셀(Cell)』지 편집위원이 되었고 젊은 나이에 서울대 생명과학부 석좌교수로 자리를 잡았다. 그는 국내외 학계에서 "기초연구 분야에서도 세계적 석학에 이른 분"이라며 "세계적 연구자와 견주

김빛내리 박사

어도 손색이 없는 분"이라는 평가를 받고 있다

김 박사는 소녀시절 마리 퀴리를 동경했던 과학도 지망생으로 부친이 세상을 빛내는 사람이 되라며 지어준 이름에 걸맞게 우리나라의 미래를 짊어질 과학자가 되었다. 그의 학창시절은 서울대학교에서 학사, 석사과정을 마치고 영국 옥스포드대학교에서 박사학위를 받은 뒤 결혼생활로 딸을 출산한 1년여의 공백 기간 중 과학자로서 자신의 장래에 대한 의구심으로 한때 방황하였는데, 시댁과 남편(현직 검사 재직 중)의 도움으로 미국에서의 Post-Doctor과정을 거쳐서 모교인 서울대학교 신임교수로 부임하였고 당시 어려운 연구여건 가운데서도 선배 교수들의 도움으로 연구에 정진할 수 있었다.

그동안 우리나라의 노벨상 수상가능성에 가장 근접했다고 평가를 받고 있던 김 박사는 2012년에 또 하나의 성과를 거뒀다. 마이크로RNA가 만들어지는 과정에서 중요한 새로운 메커니즘을 발견한 것이다. 김 교수팀은 마이크로RNA가 생성되는 중간단계에서 기존에 알려지지 않았던 새로운 RNA 변형이 일어난다는 사실을 밝혀내고 이를 담당하는 효소들을 발견함으로써 마이크로RNA의 생성과정에 대한 이해를 한 단계 높였다.

마이크로RNA는 세포 내에서 다양한 유전자를 조절함으로써 세포의 분화, 성장 및 사멸 등 모든 생명현상에 관여하는 것으로 잘 알려져 있다. 김 교수팀은 줄기세포 분화와 암 발생억제에 중요한 마이크로RNA인 let-7(렛세븐)의 생성에 중요한 새로운 작용 기제를 밝히고 이에 관여하는 세 가지 효소들인 TUT7(텃세븐), TUT4(텃포), TUT2(텃투) 단백질을 발견하였다.

이번 연구는 줄기세포 분화와 암 발생 억제에 중요한 let-7 마이크로RNA의 생성과정에 특이적으로 관여하는 TUT 단백질과 그 내용구성을 밝힘으로써 앞으로 줄기세포를 이용한 각종 연구나 치료제 개발에 TUT 단백질들을 이용할 수 있을 것으로 보인다. TUT 단백질들을 직접 조작하거나 그들의 기능을 활성화하는 물질들을 발굴해 항암제를 개발할 수 있는 가능성을 열었다. 이번 연구결과는 세계 최고의 권위 있는 과학저널인 『셀(Cell)』지 2012년 10월 11일자 온라인판에 게재된 것이다. 이상의 공로로 2013년 6월에는 미래창조과학부로부터 대한민국 최고과학기술인

미래창조과학부 관계자와 김빛내리 박사(좌측단) 수상식

상을 수상한 바도 있다.

김 교수가 어린 시절 과학사책을 읽으면서 인간의 지식이 자연의 한계를 극복할 수 있다는 진리를 깨달은 바 있는데 현재 우리나라 과학수준이 세계 10~12위권이지만 10년 뒤 쯤에는 우수한 연구 인력과 과감한 R&D투자의 계속으로 세계 5위권으로 올라설 수 있을 것이라는 신념을 가지고 있으며 우리나라 청년들은 그동안 발견되지 않은 생명현상을 찾아내는 독창적인 분야를 개척하며 새로운 아이디어를 내놓아 과학계에 새로운 돌파구를 마련하는 것이 국가적으로나 개인적으로 큰 발전의 계기가 된다고 주장하고 있다.

3. 연세대학교 교수 이인석 박사

다른 유망과학자로서 현재 연세대학교 생명공학시스템대학 생명공학교수 이인석 박사가 있다. 이 박사는 국내 한양대학교 졸업 후 University of Texas(Austin)에 유학하여 석사, 박사과정을 마치고 연구기관 근무까지 합쳐 약 10여 년을 한결같이 생명공학분야 연구의 길을 달려온 분이다

그는 2008년도에 귀국하여 상기 연세대학교에 합류한 후에도 계속된 연구로 인간과 식물의 유전자네트워크를 세계 최초로 개발하여 의학과 농학연구에 기여하고 있다. 장래 암, 당뇨 등의 치료에도 위 유전자 네트워크를 활용할 수 있게 되리라고 기대를 받고 있으니 우리나라 젊은 과학자들이 주도적으로 개발하고 세계적인 선진기술을 이끌어 나가고 있는 현실이 자랑스럽다.

그의 학문적인 업적은 텍사스대학에서 박사학위를 받은 이후 연구생활 가운데 세계적으로 유수한 과학잡지(『사이언스』, 『네이처』 등)에 그의 논문이 여러 차례 게재되고 활발한 학회활동으로 정평이 나 있다.

그의 주요 연구분야는 생명체를 단편적이 아닌 통합적인 시스템으로 재해석하여 복잡한 생명현상을 이해하고자 하는 시스템생물학이다. 그는 이 새로운 생명공학의 기법을 잘 이용하면 개인 맞춤의학이나 줄기세포 치료와 같은 미래의학의 실현을 앞당길 수 있다고 믿고 있으며 이를 실현하는 것을 궁극적인 연구의

이인석 박사(연구실에서)

목표로 삼고 최근에는 인간의 개인유전체 정보 해독과 줄기세포 분화 프로그램 해독 연구에 매진하고 있다. 이인석 교수는 머지 않은 미래에 모든 사람들이 자신의 유전자 정보를 기반으로 개인에 최적화된 처방전이나 병원치료를 받게 되고 세포의 손상에 의한 난치성 질환을 정상세포의 대체를 이용해 치료할 수 있는 시대를 열어가는 데 그의 연구가 미약하나마 기여하길 소망하고 있다.

인간은 자신이 처한 입장이 가장 중요하며 자칫 어렵다고 생각하기 쉽다. 역지사지(易地思之)로 자신에게 주어진 여건이 다른 사람보다 나은 점이 분명히 있을 것이므로 자신의 인생관, 가치관을 속히 정립하여 꾸준한 노력으로 한 단계, 한 단계씩 목표를 향하여 줄기차게 노력하여 나가는 것, 즉 그 과정이 충실해야 목표

이 박사(뒤줄 우측에서 두 번째)와 포스코 청암과학펠로우들

에 근접하여 이를 달성할 수 있다는 평범한 진리 "하늘은 스스로 돕는 자를 돕는다"를 깊이 깨닫고 실천해 나가야 된다고 믿는다.

한류와 한국인의 우수성을 세계에 알린 영화인, 젊은 H작가와 K영화감독

 2000년도 전후부터 한국 영화나 TV드라마가 아시아 여러 나라에서 방송되기 시작하자 한국 연예인과 예술문화 전반에 대한 관심이 높아졌고 타이완, 중국 등지에서 Korean Wave Fever(한류열풍)이라 이름이 나고 2002년에는 드라마 〈겨울연가〉가 일본 NHK 방송에서 선풍적인 인기를 얻자 한국의 영상, 음악, K-pop 등으로 대표되는 대중문화가 세계적으로 인식, 확산되기 시작하였고 할리우드에 대칭되는 한류우드를 구축함으로서 문화산업을 통한 경제효과도 거양해야 된다는 의식이 국내에 널리 퍼지게 되었다.

 한동안 홍콩 영화계의 발전이 중국 본토 반환으로 할리우드로 흡수되어 동양영화 발전 추이에 대한 관심이 집중되는 가운데 그동안 한국 영화인들이 낙후된 예술계 속에서도 국제 영화계로의

베니스영화제 〈피에타〉 황금사자상 수〔

시: 2012. 9. 13. 18:00~20:00 장소: 웨스틴 조선 호텔 2층 오키드룸   ● 문화체육관

〈피에타〉 베니스국제영화제 황금사자상 수상 축하연에서 최광식 문화체육관광부 장관, 김기덕 감독, 김동호 부산국제영화제 명예집행위원장 등이 건배를 하고 있다.

한국배우협회로부터의 공로상 수상 기념 사진(중앙 김 위원장)

진출로 국산영화 발전을 모색하면서 1996년 국제영화제로 '부산국제영화제'를 신설하여 국제교류를 통한 국산영화 발전(김기덕 감독의 〈피에타〉는 2012년 9월 8일 제69회 이탈리아 베니스국제영화제 폐막식에서 최고 영예의 '황금사자상'을 수상하는 등 이미 국제적 인정 수준 도달) 사실을 재인식시킨 바 있는데 김기덕 감독

1989년 8월 모스크바 영화제 참가(영진공사장 시절) 임권택 감독, 강수연, 이태원 사장 (〈아제아제바라아제〉로 강수연 여우주연상 수상.

2001.11.1 베를린 세계주요영화제 정상회의
왼쪽부터 선댄스(미국), EU, 카를로비바리(체코), 베니스, 베를린, 세계평론가협회장, 로카르노(스위스), 로테르담, 부산, 산세바스찬(스페인), 토론토 영화제 집행위원장 등.

은 베니스영화제 참석 후 귀국, 수상 축하연에서 공식적인 발표로 그의 황금사자상 수상의 공로를 김동호 위원장(창설시 집행위원장으로 2010년까지 15년간 재임)에게 일부 돌리고 싶다고 칭송(Unsung Hero로 표현)한 바 있다. 이미 국내 일반 영화계에서도 대표작인 〈춘향전〉, 〈서편제〉 등 전통적인 작품들이 여러 편이 있었지만 현대감각의 청춘멜로물, 액션영화 등 다양한 장르로 발전되어왔다.

한국 정부 차원의 지원으로 영화진흥공사(김동호 사장, 1988~
1992 재임)가 설립, 운영되어 1996년 이후 부산국제영화제 등 국
내 몇 개의 주요 국제영화제가 나름대로 활발하게 운영되는 이외
에도 영화산업에 관련되는 콘텐츠산업 연구개발 등 단국대학교
영화콘텐츠전문대학원(초대 김동호 원장)도 설립되었고 박근혜
정부 발족에 이어 대통령 직속기관으로 문화예술융성위원회(김
동호 위원장, 2013.8~2015.8)가 운영되고 있다. 한류로 표상되는
각 부문의 한국문화는 내용상 다양화되고 있는 추세로서 단순한
문화창달 차원이 아닌 산업 연관 효과 거양을 위해서 필수적이라
는 공감대가 이미 활발하게 이루어지고 있는 것이다.

위와 같은 사실은 재미교포 여류작가 Euny Hong의 『The Birth of

Korean Cool』(2014
년 8월 NY에서 다
큐 형식으로 영문
출간)으로 세계적
으로 알려졌다. 또
한 태국 사회에서
병역 문제에 얽힌
젊은 형제들의 인생

영문판 『The Birth of Korean Cool』과
한국어 번역판 『코리안 쿨』

이야기를 소재로 직접 감독이 시나리오를 쓰고 제작한 영화 〈How
to Win at Checkers-Everytime〉의 한인 2세 젊은 영화감독 Josh Kim

에 관해서도 아래에 각각 기술한다.

1. 한류(韓流)를 세계에 널리 알린 Euny Hong 작가

미국 태생의 한인 2세 여류작가 Euny Hong(한국 이름 홍윤기) 은 『The Birth of Korean Cool(멋진 한국인의 탄생) : How One Nation is Conquering the World Through Pop Culture』(Picador, August 2014)라는 작품을 2014년 5월 뉴욕에서 출간하여 8월에는 Amazon 이 뽑은 Best Book으로 선정되었고 당시 『New York Times』는 "날카 로우면서도 유머가 넘치는 필치로… 치밀한 계획을 통해서 추진 되는 기업의 도전에 대한 뛰어난 사례연구"라고 극찬을, 영국의 『Guardian』지는 "이 책의 뛰어나게 예리한 분석"을 높이 평가한 바 있다. 한편 이 책의 번역판은 중국(약식한자)과 대만(정식한 자)판에 이어 한국어판 출간이 올해 10월 2일자로 발간되었고, 그 리고 베트남, 태국, 인도네시아와 출판계약이 체결되어 곧 현지 어로 번역판이 출간될 예정인 것으로 알려졌다.

수년 전 『Kept』라는 소설을 Simon & Shuster사에서 출판하였고, 홍 작가의 논문과 에세이들은 『The Financial Times』, 『Washington Post』, 『The Wall Street Journal Europe』, 『The International Herald Tribune』, 『The New Republic』, 그리고 『The Boston Globe』를 비롯한 세계적 언 론과 신문에 발표되었다. 또 그는 The France 24를 비롯하여 영국

미국 맥밀란 출판사 홈페이지에 소개된 Euny Hong 작가

BBC의 〈Picture This〉, CNBC의 〈Ronan Farrow Daily〉 그리고 블룸버그(Bloomberg) TV 등 다양한 프로그램에 출연한 바도 있다.

국내에서는 홍 작가 저서의 출판 사실이 『재외동포신문』(2014년 10월 31일자 사회면)에 최초로 유일하게 보도되었고 미국 맥밀란 출판사 홈페이지(http://www.macmillanspeakers.com/eunyhong)에 게재되었다. 국내외 한국인 모두는 한류가 이 시대에 접하는 그 의의를 깊이 성찰할 수 있는 작가의 작품을 효천 정웅 선생이 예리하게 분석 평가한 글을 이하 요약, 인용한다.

즉 홍 작가는 그의 책에서 어떻게 한국이 미국 대중문화에 도전하여 이를 뛰어넘으려 시도하는 국가가 되었는가 하는 질문의 해답을 찾고자 하고 있다. 이 해답을 푸는 실마리의 하나로 한국인에게 내재된 해묵은 한(恨)이 이를 극복하고 새로운 성취를 향한 동기와 목표 달성을 위한 집착력을 발휘케 하여 이것이 개인적인 성공과 사회 발전의 중요한 동력이 되었다고 본다. 즉 과거

핍박과 궁핍에 뿌리를 둔 한(恨)을 풀어내려는 의도에서 가무(歌舞)의 본능이 발동되고 이것을 현대적인 틀로 국제적 양식으로 표현하는 것이 지금의 한류로 나타난 것으로 기술되었다.[1]

여기에 대비되는 사회과학적 방법론을 제시한 사회학자 Gladwell의 이성적 접근론과 그의 성공이론이 3가지 저서 즉 『The Tipping』, 『Blinking』과 『Outliers』에서 각각 첫째 희소성, 집착성, 콘텐츠 방법론, 둘째 순간 판단을 위해 눈을 들고 순간 집중 사고력을 발휘한 성공론, 셋째 외부의 교육과 훈련기업환경을 만남으로써 성공할 수 있게 되는 것이라는 설명을 일반론으로 피력한 바 있다.

이러한 한류는 문화 전반 즉 영화, 음식, 의류, 화장품, 각종 콘텐츠산업 등 여러 분야에 그 영향력이 발휘되어 발전의 계기를 마련하였다. 한편 한류가 표피(表皮)문화이기 때문에 장기적인 힘이 부족하다는 일부 의견도 있으나 현재 세계적으로 뻗어나가는 역동성과 우리가 지혜를 모아 경제 동력화를 도모해 나간다면 종래 Hardware가 발전의 중심이 되었으나 Software 영역에 속하는 한류를 이에 접목시켜 나가게 된다면 그 효과는 엄청날 것으로 기대할 수 있고 장기적인 발전을 기약할 수 있을 것이라는 것이 우리의 바람이기도 하다

• • • • •

[1] 영문 원서 및 국문 번역서의 기술이 저자의 본의와는 달리 한국을 다소 비하하는 표현으로 오해의 소지가 있어 보인다.

홍 작가는 미국 태생(한인 2세)으로 예일대학교 철학과를 졸업하였고, 풀브라이트 장학생(Fulbright Scholar)이다. 그는 영국의 『The Financial Times』에서 Senior Columnist로 근무하였다. 이어 프랑스 파리의 국영방송 The France 24 News Network에서 Senior Editor로 근무하였다. 현재 투자자문 회사인 Investopedia에서 Senior Editor로 일하고 있다. 그는 영어는 물론 불어, 독일어와 한국어를 모두 유창하게 구사한다.

2. 세계영화계에 떠오른 재미 한인 2세 영화감독 Josh Kim

2015년 2월 제65회 베를린국제영화제 파노라마 부문에 한국 영화 〈국제시장〉과 함께 나란히 초청받은 작품 〈How to Win at Checkers-Everytime〉(체커게임에서 이기는 법)을 감독한 한인 2세

베를린영화제에서 〈국제시장〉의 윤제균 감독과 김윤진 주연배우와 김 감독

제65회 베를린국제영화제

Josh Kim 감독(1981년 텍사스 출생, 한국 이름 김준표)은 미국대학에서 Finance를 전공하였는데 학교 졸업 후 워싱턴DC의 공영 NPR방송국 인턴을 거쳐 홍콩 CNN 근무기간 중 시나리오를 집필하는 등 10여 년간 시나리오 작가와 감독 생활에 노력하여 온 바 2010년에는 협력 프로듀서로 영화 〈무적자〉(Better Tomorrow) 제작에 참여, 베니스영화제에 출품하여 호평을 받아 국제 영화계에 그 이름을 알리는 계기가 되었고 이에 앞서 3개의 단편영화 〈순찰함〉(2006), 〈엽서〉(2007), 〈드래프트데이〉(2013)를 제작하였으며 〈엽서〉(The Post Card)는 2007년 부산영화제 단편영화 부문에 초청을 받았다.

이번 영화 〈How to Win at Checkers-Every Time〉은 베를린영화

영화 상영후 관객들의 질문에 답하는 김 감독(좌에서 두번째)

제(2월 8일) 출품으로 호평을 받은데 이어 홍콩국제영화제(3월 23일), 로스앤젤레스 아태영화제(4월 26일), 전주영화제(5월 2일), 샌프란시스코 영화제(6월 20일)에 계속 초청을 받은 바 있다. 올해 4월 LA 아태영화제에서는 관객상을 받은 뒤 현지 중앙일보와의 인터뷰에서 밝힌 바에 의하면 이 영화는 태국 출신의 미국작가의 단편소설을 지난 2년간 직접 시나리오를 써서 감독, 제작한 영화로 추첨 방식으로 징병하는 태국의 병역제도를 피하려고 마피아의 돈을 훔치는 동생의 삶을 따라가면서 참혹한 현실의 세계를 보여주고, 그리고 성장하면서 겪는 고단한 현실과 생존을 위해 몸부림치는 모습을 아름답게 그려낸 것으로 평가받고 있다. 현대인의 삶이 성공에 집착하지만 그에 따른 주위의 희생을 돌아

How To Win At Checkers (Every Time)

Korean-American director Josh Kim's Bangkok-set debut feature revolves around the attempts of an 11-year-old boy to get his elder brother out of the military draft BY CLARENCE TSUI

BASED ON TWO SHORT STORIES FROM Rattawut Lapcharoensap, one of the most promising young novelists of his generation, Korean-American filmmaker Josh Kim has delivered a debut feature drama filled with ample warmth, contemplation and social criticism. Revolving around an 11-year-old boy's introduction to the harsh reality of poverty and patriotism, *How To Win At Checkers (Every Time)* signals the arrival of a talented and observant artist making killer moves in coaxing the best out of his material and his actors.

Just like his breakthrough short documentary *Draft Day*, a record of two transgender Thais participating in the national military conscription lottery, Kim's latest film goes well beyond its seemingly exotic premise in offering a nuanced reflection of its characters' standing in society. Defying mostly foreign filmmakers' representations of Thailand as an unfettered tropical hotbed for sleaze and crime, Kim elected to hint at rather than play up the devastating consequences of sex, drugs and corruption with his nimbly paced, yet relentlessly focused narrative.

Bowing at Filmart and the Hong Kong International Film Festival after its world premiere at the Berlinale's Panorama sidebar, *Checkers* is well-placed for a sustained journey through the festival circuit.

The center of the film remains steadfastly on Oat (Ingkarat Wimonchailerk), an 11-year-old boy trying to make sense of how his world works in a rundown suburb of Bangkok in the 1990s, his dream being no more than to indulge in a cheese hamburger. With his parents dead, Oat's major pillar of support (and

object of admiration) lies in his elder brother Ek (Thira Chutikul), a rebellious hunk earning a living at the local dive bar.

Oat's life takes a darker turn when Ek is finally summoned to attend the army draft lottery — a much-dreaded affair, as young conscripts are being sent to serve in southern Thailand where separatist insurgents are fighting against the army. Fearing the worst, Oat decides to help his elder sibling in evading the call-up — a venture which strips the boy of his innocence and brings him face to face with the criminal ways of the local thugs.

Kim's proven strengths in documentary filmmaking is complemented with scenes driven by thoughtful visual symbolism, with many a scene relating the film's theme of how the desire to triumph in life is all about moving two steps ahead in attacking others. *Checkers* provides an engaging account of the start of one young man's corrupted ideals.

World Cinema — Global Vision
Cast *Ingkarat Wimonchailerk, Thira Chutikul,*
Director *Josh Kim // 80 minutes*

THE HOLLYWOOD REPORTER 15

『Hollwood Report』 신문기사

보아야 된다고 덧붙이면서 체커게임에서 항상 이기는 법은 없다는 현실을 보여준다.

이 영화는 88회 아카데미상 외국영화 부문의 출품작으로 선정되었다. 10월 8일 현재 외국어 사용 영화를 총 81개국에서 1편씩 선정한바, 한국에서는 이준익 감독의 〈사도〉(Throne)가 태국에서는 김준표 감독 작품인 〈How to Win at Checkers〉가 출품작이 된 것이다. 2016년 2월 최종 우수작품에 대한 시상식이 LA에서 거행된다.

그의 최근 활동을 보면 10월 방한에 이어 스페인의 발라돌리드 국제영화제(10.24~10.27) 참가가 예정되어 있고, 그 후 일본, 중국, 대만 등지 영화제에 참여할 계획이다. 앞으로 중국 공상과학의 소재가 되는 영화 제작을 검토하고 있어 특히 한인 교포는 물론 동양인 관객들의 기대에 부응할 수 있었으면 하는 것이 그의 현재의 바람이라고 하며 최근 미국 굴지의 브래짓드 영화사로부터 그에게 연락이 오는 등 진로 모색에 기대를 걸고 있다.

제3부

조국혼과 인생교훈

논어(論語)에서 "신체발부(身體髮膚)는 수지부모(受之父母)"라는 구절이 있는데 사람은 부모로부터 출생하여 교육을 받고 성인이 되는데 일상생활에 있어서도 옛일을 돌아보아 새로운 지혜를 얻는다는 '온고지신(溫故知新)'의 명구를 되새기며 살아가야 될 것이다. 세상을 살아 나가는 데 성인이 된 후 결혼하여 가정생활을 하면서도 사회생활에 있어서는 오케스트라가 화음을 이루는 것처럼 이웃과 화해로운 가운데 사회와의 일체감을 일으켜 세우는 각자의 생활태도를 갖추어야 된다. 이러한 의미에서 세상에 몸으로 태어난 삶과 일상적인 생활 주변에서 식사관련, 마음가짐, 정서생활, 세상에 남기게 되는 묘소에 관한 소감을 차례로 기술한다.

부모로부터 물려받은 몸

성경에는 하나님께서 인류의 원조인 아담과 이브를 지으셨다고 하며 유교 경전의 하나인 효경(孝經)에는 "신체발부 수지부모(身體髮膚 受之父母) 불감훼상 효지시야(不敢毁傷 孝之始也)"라는 말이 있다. 즉 우리 몸은 부모로부터 받은 것이므로 대대로 훼손하거나 상하지 않음이 효도의 시작이라고 하여 몸에 칼을 대거나 머리카락을 자르는 일도 금기시해온 시대가 있었다.

그러나 요즘 세상에서는 사람의 육신 가운데 어떤 사람에게는 별로 필요 없다고 생각하는 부분이 다른 사람에게는 부족하거나 자신의 것은 못 쓰게 된 부위를 바꾸기 위해 병원을 통해 팔고 사는 일이 일어나고 있다. 예컨대 혈액원이나 간, 장기기증은행 등과 의과대학에서 장기나 실습용 시신(屍身)을 구하는 일 등은 그것이 의학적 필요에 의해서긴 하지만 사람의 몸도 수요 공급법칙에 따라 매매나 기증대상이 될 수 있는 세상이 된 것이다. 국내에서도 일찍이 간, 장기은행이 발족하여 뜻이 있는 분들이 불우한 다른 사람들을 위해 사후기증을 약속해 두고 있다.

친척 간에는 이식을 승낙하는 이들이 없지 않지만 근래 간이식에 얽힌 실화로서 필자가 다니는 모 은행 구내 이발사의 경우를 소개한다. 그의 누이가 간이식이 필요한 환자로 가까운 가족 중에 이식수술에 알맞는 사람을 찾은 결과 유일하게 그 이발사가 해당되어 남매로서 깊은 우애를 살려 이에 응하기로 마음 먹고 있으나 그 부인이 만약 남편이 간을 이식해 준다면 이혼할 수밖에 없다고 하며 결사반대하여 그 자신이 난처하다는 이야기를 하는 것을 들은 일이 있다. 그러면서 앞으로 이발할 때가 되면 자기가 없을지도 모르니 사전에 전화연락을 하고 와 달라고 하더라는 것이었다.

그 후 한 달쯤 되어 그 이발소에 다른 이발사가 대신 들어 왔다는 사실을 알고 후임자에게 '먼젓번 이발사가 어떻게 되었는지'를 물었으나 그에 대해 아는 바가 없다는 이야기를 듣고 마음속으로 그가 드디어 이식수술을 한 것 같은데 제발 건강하게 모든 것을 잘 마치고 이왕이면 그의 부인도 이를 잘 받아들이고 환자도 이식수술 후 건강이 회복되는 등 모든 일이 하나님의 도움으로 잘 이루어졌으면 하고 기원하였다고 한다. 환자인 누이가 간을 이식해준 동생에게 자녀교육비와 가족의 생활비에 쓰라고 상당한 재정상의 보상을 해주었으리라 생각되지만 한편 울적한 심정이 되는 일이다.

　지난날 어려운 시대에는 고학생들이 자신의 건강악화를 무릅쓰고 피를 팔아 학자금이나 생활비 일부를 충당하는 일이 있었다. 가정교사 자리도 없고 다른 방도가 없이 부득이한 경우에 자신의 피를 뽑아 팔아 쓸 수밖에 없었던 것이다. 오늘날 사후에 시신기증의 사례는 망자 자신이나 그의 가정에서 선각자적인 뜻에서 가능한 일로 인식되어 점차 많아지는 추세이다.

　그런데 최근 의학적으로 안락사가 윤리적으로나 법적으로 정당화될 수 있느냐 하는 문제로 설왕설래된 바 있는데 선진국의 사례가 있다고 하여 단순히 따라할 수도 없는 문제로 여겨진다. 망자 자신의 사전판단과 유족의 도덕적 · 윤리적 정서를 절충하는 선에서 무의미한 생의 연장만을 유일한 방도로 생각하지 말자는 뜻이 있다. 선구적인 노년층들이 스스로 인식하여 시작된 일종의 "사전의료지시서" 같은 서류는 본인의 의식이 혼미하게 되기 전에 미리 준비하는 것으로 "유언장" 같이 변호사의 공증을 받아 미리 보관해 놓음으로써 후손이나 의료진의 부담을 덜어 주고자 하는 의도로서 조용하게 그 움직임이 번지고 있는 듯하다.

　각자가 이 세상과 하직하는 자세를 어떻게 가질 것이냐 하는 문제이지만 "안락사의 필요성"을 절감하고 있음에도 이를 죽음에 임박해서 인위적으로 가지는 것보다는 본인 자신이 생전에 건전한 사고력과 판단으로 사전에 이를 수용한다면 가장 바람직한 일이 될 수 있을 것으로 생각된다. 자신의 사망시 주위사람들에게 훌륭한 조상으로서의 본을 보이는 것이라면 이와 같은 "사전준비"가 일방적인 편협된 생각이라고만 볼 수는 없지 않을까! 여기 참고로 구체적으로 마련된 한 가지 "사전의료지시서 양식"을 예시한다.

사전 의료 지시서
(Medical Directive)

(주민번호:)은 현재 다음 주소에 거주하고 있으며

(현주소:),

여기에 나의 희망사항으로 맑은 정신 하에, 앞으로 어떤 부득이한 사정으로 인해, 나의 자의적인 의사표시가 불가능해질 경우를 대비해, 나를 치료하는 담당의사와 가족에게 다음과 같은 "사전의료지시서(Medical Directive)"를 남기니, 본인의 소망대로 실행해 주기를 바람.

(1) 내가 의식이 없어진 상태가 되더라도, 기도 삽관이나 기관지 절개술 및 인공기계 호흡치료법은 시행하지 말 것이며,

(2) 내게 암성질환에 대한 "항암화학요법"이 필요하다는 의료진의 판단이 있더라도, 항암화학요법은 시행하지 말 것.(이는 항암화학요법의 효과를 불신해서가 아니라, 나의 연령 때문임을 이

해해 줄 것)

(3) 그 외, 인공영양법, 혈액투석, 더 침습적인(Invasive) 치료술도 시행하지 말 것.

(4) 그러나 탈수와 혈압유지를 위한 수액요법과 통증관리 및 생리기능 유지를 위한 완화치료(Palliative Care)의 계속은 희망하며, 임종시 혈압상승제나 심장소생술(Cardiac Resuscitiation)은 하지 말 것.

(5) 기타 여기에 기술되지 않은 부분은, 대한의학회에서 공포하고 보완하고 있는 최근의 "임종환자 연명치료중단에 관한 의료윤리지침"에 따라 결정하고, 의료진과 법의 집행인은, 나의 이상의 소망과 환자로서의 나의 권리를 존중(Respect)하고 지켜주기를 바람.

(6) 나는 이상의 나의 "사전의료지시서" 내용이 누구에 의해서도 변형되지 않기를 원하며, 이 선언이 법적인 효력을 발휘할 수 있도록 가족에게 위임 발표하도록 하였음

20 년 월 일

환자 성명   서명(인)
가족 증인 성명   서명(인)
공증인   서명(인)

* 법적인 효력을 위해 본인의 사전의료지시서임을 증명하는 공증인의 날인 필요.

가정식 백반

각자 부모가 물려주고 양육시켜준 우리 몸은 성인이 되어 스스로 잘 유지하여야 한다. 삶을 위한 3대 기본요소는 의, 식, 주이며 그중 의복과 주택은 사람을 자연재해로부터 보호해주는 필수사항이고 식사는 생명을 직접 지탱하는 에너지 공급원이다. 오늘날에도 밀림 속에 사는 원주민들이 변변치 않지만 나름대로 주거를 마련하고 앞가리개 정도라도 신체를 보호−아니 미관상 장식 정도−하는 액세서리를 만들어 걸치고 천연과일을 양식 삼아 먹으며 살고 있다.

1. 가정 중심 생활의 토대는 가정식 백반에 있다

과거 대가족제도하의 생활은 물론이고 오늘날 핵가족제도 아래에서도 적어도 하루 한, 두 끼 식사는 가정에서 주부가 만들어 주는 식사를 함께 먹기 마련이다. 여기에 전통식품이 어김없이 등장하며 가족의 건강유지를 위해 같은 채소라도 무공해 청정품을 먹고 싶어 한다. 그런데 현대생활이 복잡해지고 주부도 부업으로 일을 하게 되면서 집에서 식사를 마련할 시간이 없게 되자 조리가 다 된 식재료를 상품(소위 인스턴트식품)으로 많이 사서 쓰게 되었다. 이것은 완전조리는 안된 것이지만 전열기나 가스불에 익혀 먹을 수 있도록 어느 정도 조리가 되어 있는 편리한 식료품들이다.

근래에는 미혼으로 객지생활을 하는 직장인들에게 아침식사를 제공하는 간이형 음식점이 출근시간 전부터 문을 열어놓고 서빙하고 있고, 커피, 밀크, 토스트 등을 팔고 있는 노점과 김밥장사도 번화가 아침거리에서 흔히 눈에 띄는 풍경이다. 그런데 거의 매일 아침에 위와 같은 취식은 가정에서 정성들여 만들어 주는 식사와는 달리 어딘지 어설프며 질이 떨어진다고 인식되고 있다.

이러한 틈새를 이용하여 거의 집에서와 같은 반찬과 조리법으로 아침식사-소위 가정식 백반-를 만들어 팔고 있는 음식점에서 많은 기러기 아빠들이 아침식사를 자주 사 먹으며 고향집 또는 자녀들을 돌보기 위해 멀리 떨어져 살고 있는 부인을 그리워하며 지내고 있다.

우리의 음식문화는 가정에서 정성들여 만들어 준 음식을 오랫동안 먹고 길들여진 신체적 리듬이나 습관성의 구미에 맞고, 정서를 그대로 충족시켜 주고 있다. 이는 우리의 음식문화는 가정이나 가족과 같은 울타리 안에서 공동체 의식을 키워주며 아무리 세계화와 더불어 다민족문화가 함께 어우러진다고 하더라도 지켜지게 마련인 듯하다. 음식문화도 다양성을 존중하되 서로가 이해하며 때와 장소에 따라서 서로 교류하며 절충식으로 조리하며 취식(取食)해 보는 것도 좋은 일이라는 생각이 든다.

2. 우리의 생활방식도 과거 전통에서 배울 점이 많다

현대인들의 식생활은 문명의 발달로 자연적인 생산물을 가공하거나 인위적으로 식료품을 개발하고 이를 미학적으로 모양을 만들고 다양한 재료를 추가 사용하는 요리방식을 개발하여 옛날에 비해 색다른 음식을 많이 만들어 먹고 살아가고 있다. 우리 민족은 수천 년간 건강을 지탱하여 준 된장, 간장, 고추장 등 발효식품과 김치가 세계인들의 '건강식품'이라는 인식 속에 계승, 발전되어 교포자녀들뿐만 아니라 일부 외국인들에게도 보급되고 있는 실정이다.

여담이지만 필자가 미국주재 근무 시 사무실의 한국인 2세 고문변호사와 업무자문을 위해서 식사도 할 겸 약속장소를 정하고자 하면 그 변호사는 어김없이 한식점을 택하고 주로 원하는 메뉴가 '된장찌개'이었다. 사정을 알고 보니 어렸을 때에는 그의 모친이 반찬으로 해주시는 된장찌개를 많이 먹었는데, 성인이 되어 스웨덴 처녀와 결혼한 가정생활은 부인이 할 줄도 모르지만 남편 혼자서 먹는 된장찌개를 집에서 냄새 피운다고 굳이 따로 해주지 않았으므로 부득이 한국 사람과의 식사약속은 주로 된장찌개 메뉴를 선호한다고 말하는 것을 듣고 이를 수긍하게 되었다.

요즘은 외국여행 중 동양 승객이 많은 웬만한 항공사는 대부분 라면을 제공해주며 기내식에 튜브고추장도 추가하여 나오는 정도가 되었다. 현대생활에 있어서 가정에서 자급자족하던 옛날 방식은 많이 사라지긴 했어도 아직도 우리 식사문화는 기본바탕이 그대로 유지되어 고유의 기본식료품이 공장단위로 생산되어 가정에 공급되고 있어 그 전통이 면면히 이어지고 있는 셈이다. 또한 의복과 주택도 현대적인 디자인으로 외관상 또는 편의성을 만족시켜 주는 한편 역사적인 전통은 지키되 통일적인 양상을 띠어 가고 있는 것이다.

그런데 현대사회가 아무리 발전된다 하더라도 과거의 우리 전통적인 문화유산을 터득하고 이를 거울삼아 새로운 발전을 모색하는 것이 비단 온고지신(溫故知新)이라는 논어 위정(爲政) 편에 나오는 명구가 의미하는 바와 같이 과거 경험과 역사로부터의 깨달음이 유익하므로 이를 거울삼아 활용하는 것이 우리 모두가 가져야 될 바람직한 자세라고 볼 수 있다.

흥부 마음씨

　욕심 많은 부자 형 놀부와 가난하지만 우애심 깊은 아우 흥부 사이에 일어난 이야기가 있다. 속담에 "사촌이 논을 사면 배가 아프다"는 말도 있는데 어떤 면에서 자신보다 한때라도 남이 잘 되는 일이 있으면 비록 가까운 사촌의 일이라도 마음이 불편해진다는 비유로서 놀부와 흥부 이야기와 일맥상통하는 말이다. 즉 자신의 처지에 만족하지 않고 남이 잘 되는 것을 시기한다는 의미에서 같은 맥락의 이야기이다. 인간의 심성이 대체로 이기적이고 또 경쟁에서 승리자가 되기를 열망한다는 점에서 사촌 사이뿐만 아니라 심지어 친형제간에도 이런 현상이 있는 것을 보게 된다.

　근래 우리 사회는 개인위주의 극단적인 이기주의가 팽배하여 자신은 노력을 적게 기울이면서 큰 소득을 탐하는 "대박풍조"가

만연되고 있다. 일시적인 투기로 큰 수확을 노리는 일이 바로 그것이다. 그런데 기업은 대소를 막론하고 거의 매년 노사간 임금투쟁이 일어나고 있고 교육 현장에서도 기업윤리나 국민도의를 소홀히 보는 것처럼 오로지 효율을 통한 이기적인 경쟁원칙만 강조되는 듯하다.

그러다보니 오늘날 적자생존의 법칙이 크게 작용하는 듯 부의 양극화 현상이 심화되고 있다고 걱정하는 목소리가 커지고 있다. 부의 독점이 심각한 문제인 것은 틀림없지만 이 문제도 보편타당한 기업윤리와 부의 사회 환원 원칙에 따라 제도적으로 풀어간다면 그 폐단도 점차 완화될 수 있으리라고 생각한다. 사회정책적인 최적의 대책을 정치권을 비롯한 지도층에서 적극 연구하여 해결책을 제시해야 할 것이다. 아무리 부자 증세를 통해 재원을 확보할 수 있다 하더라도 국가재정에 의한 선심성 배분으로 쉽게 풀고자 하는 것은 해결이 아니라 일시적 호도에 불과한 것이다. 결과적으로 국가부채 증가 등 폐해는 누구도 감당할 수 없을 뿐만 아니라 우리나라의 선진국 진입을 실현할 수 없게 될 것이다.

개인적으로 당장 자신이 논을 살 수 없다면 근면히 노력한 결실로 돈을 마련하여 논을 살 수 있어야 될 일이다. 주위에 있는 잘된 사람들에게 나에게 좀 그 열매를 나누어 달라고 "생떼"를 쓰는 행태는 "놀부심보"에 불과한 것이다. 하늘도 스스로 돕는 자를 돕는다 하지 않았는가! 사회 각 분야에서 골고루 혜택을 볼 수 있는 여지는 모든 구성원들이 각자 창의력을 발휘하여 노력하고 조화롭게 협동하여 공동발전의 목표를 이루어 나갈 때만 가능한 것이다.

일본경제에 연구가 깊은 김영호 박사(단국대 석좌교수)는 과거 그가 교수로 근무했던 일본 동경대학에 지금도 매 학기 출강하고 있고 2013년 9월학기부터는 미국 하버드대학의 초빙교수로 가 있는데 수 년 전부터 흥부경제학을 주창하고 있다. 여기에 그의 흥부경제론을 간략히 소개해본다

개인적 이기주의를 바탕으로 한 아담 스미스의 국부론의 고전적 자본주의가 자본주의 1.0시대라면 J. M. Keynes의 국가개입자본주의가 자본주의 2.0이고 Hayek, Friedman 등의 신자유주의적 자본주의가 자본주의 3.0이다 그리고 2008년 월가의 금융파탄에서 비롯된 세계 자본주의의 위기는 자본주의 4.0시대를 예고하고 있다

그러나 자본주의 4.0시대의 내용은 아직 확정되지 않고 있다. 그런데 김 박사는 흥부경제론이 자본주의 4.0의 내용이 될 수 있다고 주장한다. 그는 불란서의 석학 자크 아타리가 21세기는 이타주의가 돈 버는 시대라고 한 말을 인용하면서 흥부형 이타주의가 놀부적 이기주의보다 우월하며 크고 적은 대박을 터트리는 현상이 일반화 되는 흥부자본주의가 온다는 것이다.

지금 한국에서 착한 기업, 착한 가게, 착한 상품, 착한 가격, 착

한 거래―하며 착하다는 것을 내세우는 시장추세 역시 흥부자본
주의의 전조라고 보고 있다

영국의 석학 리차드 도킨스 박사의 명저 『이기적 유전자』에서
인간은 이기적 유전자의 도구라는 사실을 논증하여 흥부적 인간
상보다 놀부적 인간상의 손을 들어주었다. 그러나 최근 하버드대
학의 세계적 생물학자 에드워드 윌슨 교수는 이 견해를 일축하고
이타적 유전자가 사랑과 협력을 통하여 결국 이기적 유전자에 승
리한다고 논증하여 놀부적 인간상보다 흥부적 인간상의 손을 들
어 주었다. 인류사회가 오늘날과 같이 발전할 수 있었던 원동력
은 이기심보다 이타심이 있었던 때문이고 이타주의가 이기주의
보다 우월하기 때문이라는 것을 생물학적으로 규명하고 있는 것
이다. 이것은 현대 게임이론으로도 증명되고 있다.

이러한 이타주의 혹은 사랑은 최근 책임개념으로 구체화되고
있다. UN의 Global Compact나 ISO26000, 혹은 기업의 사회적 책
임(CSR) 개념이나 창조적 공유가치(CSV) 개념이 그것이다. 더 큰
사회적 책임이 더 큰 수익을 가져온다는 흥부적 시장시스템이 자
본주의 4.0의 시스템이라는 것이다.

오늘의 국내현상은 국책사업을 추진함에 있어서도 지방간에
일시적인 발전과 자기 몫을 챙기기 위해 국론 분열과 상호대립상

을 보인다든가 정치적인 해법만을 추구, 해결하려는 자세는 국가 발전이라는 궁극적인 목표에 배치된다. 이러한 현실이야말로 어려운 일상생활에 얽매여 살고 있는 일반국민들에게 "흥부 마음 씨"를 키우지 말고 "사촌이 논을 사면 배 아파하라"고 부추기는 것과 다름이 없을 것이다.

풀잎과 이슬[1]

조용한 아침 햇살이 풀잎에 다가와 속삭이고, 저 멀리서 불어 오던 산들 바람도 숨죽이며 몸짓을 멈추고 다가오면 이슬이 살며시 풀잎에 앉아 동그란 물방울이 되어 햇살을 받으면서 영롱한 빛깔을 내뿜으며 주위를 아름답게 꾸며주어, 사람의 마음을 편안케 하고 고요한 평화를 느끼게 한다.

무릇 인간의 삶도 주어진 사회적 여건이 모두가 성숙되고 조화를 이루어 갈 때 아침 햇살에 이슬이 맺혀 그 빛을 발산하듯이 물질적으로 풍요로워지고 정신적으로 행복을 느끼게 되는 것이다. 이와 같은 과정은 지난 50년간 우리 모두가 힘을 모아 조화를 이

· · · · ·

1) 이 글은 제2부 7. 내용 중 한국산업화 초창기 플랜트 수출 개척자 CEO 효천 정웅 씨가 쓴 것임

루며 급속한 경제성장을 이룩한 모습에서도 볼 수가 있다.

그러나 일본 와세다대학의 유키코 교수의 지적처럼 지난 반세기 동안 강력한 압축 경제정책을 통하여 고도성장을 이룩한 한국은 선진국 반열에 들어왔으나 고도성장의 과정에서 발생한 그늘진 분야를 어떻게 극복할 것인가 하는 문제가 제기되었다. 전체적인 수준에서 우리의 위치를 살펴보면 2013년을 기준하여 우리나라 공공부채는 약 900조 원이고 가계부채가 약 900조 원이니 도합 1,800조 원으로 부채규모가 GDP 대비 많은 편이다.

그러나 한국의 외환보유고는 2013년 8월 현재 미화 3,310억 불이며 기타 법인 보유외화가 약 400억 불, 합계 3,700억 불 이상으로 사상 최대의 외화 금융자산이고 1인당 국민소득은 $22,000 이상이며 수출입규모는 $1조이며 무역고는 세계 8위의 규모이다. 이와 같은 경제 INFRA 구조는 비교적 든든한 기초로 볼 수 있는 것이므로 경제정책운용이 제대로 되면 제2의 도약이 가능할 것으로 판단된다. 특히 한국은 IMF 외환위기와 미국의 리먼 브라더스(Leeman Brothers) 금융 부도사태 등의 세계적인 충격을 성공적으로 방어한 경험이 있어 미래의 리스크에 대한 지식이 축적되어 있는 것으로 보인다.

공공부채는 대체로 생산성이 유지되는 자본재의 도입이니 큰 부담은 없어 보이나 가계부채는 국민 개인의 몫이라 경제상황과 직결되는 것이므로 위험요소를 안고 있어 경기 부양을 통하여 경제 활동을 적극 활성화하여야 한다. 그러나 내수시장 규모는 한계가 있어 필히 수출시장을 개척하고 강력한 수출정책을 우리 모두가 지혜와 힘을 모아 실행하여 새로운 도약의 기틀을 마련해야 한다.

빛과 그림자가 있듯이 1인당 국민소득이 $7,000정도가 되면 자연스러운 과정으로 노동인구의 정당한 분배의 욕구가 시작되고 $20,000이 넘으면 그 폭이 최고조에 달하여 고임금, 저생산성, 저성장시대를 맞이하게 된다. 그러한 경우 대기업들(TOYOTA, G.M 등)의 해외이주(EXODUS)가 시작되며 한국도 이 패턴에 따라 가기 시작하게 되는 것이다. 따라서 국내의 산업공동화 현상이 시작되어 노·사·정 간에 힘겨루기와 설득과 이해의 작업이 끊이질 않는다. 이는 곧 수출산업의 경쟁력으로 연결되어 수출시장의 걸림 돌이 된다. 성장의 동력인 수출의 당위성과 보편복지를 주창하는 분배의 논리가 충돌하게 되기 때문이다.

새로운 동력을 얻지 못한 경제상황은 낮은 저축률, R&D(연구개발) 투자의 감소, 정치적 복지정책의 인기몰이 등이 우리의 새로운 성장의 앞길을 어둡게 한다. 이를 극복하는 유일한 길은 서로 힘과 지혜를 다시 한 번 모은 국민적 합의가 필요한 것이다. 이를 바탕으로 성장과 분배를 성취할 수 있는 에너지를 창출하여야 한다. 이른 아침에 자연 속 에너지의 조화로 풀잎 위에 생겨난 이슬이 아침 햇살을 머금고 그 영롱한 자태를 뽐낼 수 있어야 되는 것이다.

지금 EU(유럽연합) 국가 중 재정위기를 맞은 스페인, 포르투칼, 그리스, 아일랜드, 이탈리아 등 국가를 살펴보면 경제성장의 능력을 초과한 복지정책이 만연되고 분배에 치중한 정책이 근로의욕을 저하시키고 국가는 부채를 내어 복지재원을 충당하는 현상이 속출하니 그것이 당연한 것으로 착각하여 오늘에 이르니 그 참담한 상황은 이를 데가 없다. 우리는 선진국들의 실패의 예를 거울삼아 그들 정책시행의 착오를 교훈 삼을 수 있으니 미래를 향한 해법개발이 가능할 것이다.

인간이란 우연히 편협된 사상에 몰입하면 좀처럼 아집에서 빠져나오기가 쉽지 않다. 마치 이단종교에 한번 발 들여놓으면 좀처럼 이단적 종교논리를 벗어날 수 없듯이 젊은 시절 성장보다 분배의 정의와 평등에 지나치게 빠져들면 마치 성장 없는 분배가 가능한 것 같은 착각을 하고 평등의 정의가 구현될 것이라는 착시현상을 갖게 된다.

체게바라의 평전을 보면 그는 자본주의의 악인 화폐를 부정하고, 노동의 대가는 그 신성함과 도덕성으로 만족해야 한다는 논리로 혁명을 꿈꾸어 오다가 동서 양 진영에서 버림받고 그의 극단적인 좌파사상에 쿠바의 카스트로도 그를 멀리하게 되었다.

아이러니하게도 국민소득이 증가할수록 이와 같은 극단적인 논리에 심취하는 소수의 무리가 나타나는 것은 인간의 양면성의 표출인가? 정의구현에 다소 도움이 되는 기능은 될 수 있지만 그

것 자체로 국가의 성장과 성숙을 도모하여 이상향을 구상하는 것은 (사이비 종교 집단의 광신도처럼) 현실적으로 보면 망상에 불과한 것이다.

  우리는 여기에서 2013년 지구촌을 흔들고 있는 유럽연합 국가의 재정위기 실례를 살펴본다. 스페인 왕립 연구소 스테인베르그 연구원; "인생은 늘 축제(FEAST)가 아님을 스페인은 이제야 깨달았다." "인재들은 해외로, 회복은 3~4년 걸린다."

  아일랜드 트리니티대학 브레넌 교수; "이중 경기침체(DOUBLE DIP)에 빠진 아일랜드는 안정적 성장 회복에 수년이 걸릴 것이다."

  "그나마 독일만 괜찮을 뿐 …공짜복지에 속고, 긴축에 우는 유럽의 돼지들, 포르투칼, 아일랜드, 그리스, 스페인" "그리스의 악몽은 진행 중, 유통 기한 지난 식품도 팔라" "그리스 정부의 결정에 서민들 앞 다퉈 사가" "20분기 연속 마이너스 성장의 그리스" "돼지들의 악몽" 강도 높은 긴축정책이 소비, 투자 위축 악순환. "스페인은 GDP가 6년 전으로 퇴보하고 지하철역 이름, 금니까지도 내다 판다"는 머리기사는 섬뜩한 생각이 스쳐간다. 2013년 스페인 청년실업률 56.5%이고 금융위기가 전 세계를 강타한 지가 5년이 지났지만 유럽의 4대 경제대국 스페인은 여전히 비틀거리고 있다. 2012년 1인당 GDP는 $ 26,000이지만 매년 하강곡선이다.

"아일랜드는 2007년 1인당 GDP는 세계 8위로서 $59,665였으나 지난 5년간 40만 명의 젊은이들이 해외로 떠났다. 2007년 복귀는 어렵고 일단 안정적 성장정책으로 전환이 최우선이고 이는 수년이 걸릴 것이다."

상기 인용 부분은 2013년 9월 3일 『조선일보』 글로벌 금융 위기 후 5년 기사 중 인용한 것이다.

이는 우리들에게 미래를 향한 재도약의 시점에서 시사하는 바가 매우 크다. 오죽하면 먹고 노는 일이 습관화된 몇몇 국가들이 스스로 돼지라고 부르면서 비하할까. 앞으로 우리의 올바른 선택은 미래의 지렛대이며 또 다른 기적의 50년의 길이 될 것임을 확신하고 싶다.

화음으로 이웃을 아우르며 살자

1. 나이 많은 딴따라(Tantara)들

영어의 Tantara의 어원은 나팔, 뿔피리와 비슷한 소리인 tan-tara-tan의 의성어이고 일반적으로 배우, 가수와 같은 연예인을 낮추어 부르는 말로 통용되어 왔다. 우리는 속된 의미로 옛날 살기 힘든 시절에 피리를 불며 꽹과리를 치면서 동네로 다니며 구걸(?) 하던 풍각쟁이 정도로 인식하였던 때도 있었다. 현대처럼 연예인이 인기직업이 되기 전에는 광범위하게 대중음악에 종사하는 성악가, 악기연주가와 악극단 구성원인 연극배우, 코미디언, 마술사 등을 모두 딴따라로 이해하기도 하였다.

젊어서는 가족의 생계를 책임진 가장이고 직업인이었기 때문에 마음의 여유가 없어서 딴따라 같은 취미생활은 엄두를 내지 못하다가 직장을 은퇴한 후 색소폰, 기타 등 평소 생각하던 악기 연주에 입문하는 풍조가 일어났다. 은퇴 후에 삭막해지기 쉬운 백수생활에 정서 함양을 통해 정신적인 활력을 불어 넣을 수 있을 것이라고 생각되기 때문이리라.

그런데 필자는 마침 가까운 곳에 음악학원이 있어 주중에도 일과전후에 틈을 내어 대부분이 어린 학생들인 초보학생들과 어깨를 나란히 하며 플루트 연주를 배우는 그룹 지도반에 들어갔다. 그때 나이 58세였으니 평균 직장생활 정년쯤 되는 늦은 나이였지만 나름대로 비상한 결단을 내리고 배우는 도중에 힘들어 몇 번이고 포기하고 편하게 지낼까 하는 유혹을 떨쳐 버리면서 그룹지도에서 개인레슨까지 받으며 약 3년 정도 끈질기게 버티며 지냈다.

그 후 10년여 세월을 혼자서 연습도 하며 지내 온 결과로 드디어 2010년 1월부터는 노멀앙상블이라는 실버 관현악단의 플루트 연주자로 들어가게 되었다. 당시 총 13명의 연주자는 트럼펫 2인, 트럼본 2인, 색소폰 4인(알토, 베이스, 테너), 바이올린, 드럼, 베이스기타 각 1인, 그리고 플루티스트(필자) 등이며 단원들의 평균 연령은 60대였다. 대부분이 젊은 시절 군악대원으로 복무하였고 일부는 예술대학 교수로도 재직 중이었는데 필자만 예외적으로 음악전공 경력이 없고 뒤늦게 악기를 배우기 시작한 경우로서 단원 중 제일 연장자지만 사실 연주 실력은 말석의 수준이라서 노심초사하기도 하였다.

2010년 1월 재향군인행사 공연 시(앞줄 우측 당시 차 단장)

　지난 15년간 주로 각종 비공식모임에 자의반 타의반으로 출연하여 인사치레의 칭찬으로부터 실수에 따른 망신도 여러 번 당하였지만 굳건히 견디어 왔기에 한때나마 앙상블 단원이 되는 명예를 가지고 한편 자만심이 들기도 하지만 부끄러운 마음으로 연주연습에 더욱 정진하려고 노력하여 왔다.

　한 가지 보람 있는 일은 손주세대와도 어울리는 동요로부터 젊은이들이 좋아하는 최신 유행곡－사실 연주하기가 쉽지만은 않지만－, 가곡은 물론 클래식과 장년, 노년세대가 좋아하는 흘러간 노래 등 실버앙상블악단의 다양한 레퍼토리는 각종 행사에 초청 받아 평균 한 달에 두 번 정도 연주회를 가지는 큰 밑천이 되었다. 2009년 10월에는 서울시장의 봉사대상을 받은 한편 서초구청장의 표창으로 서초구민회관 제1연습실에서 매주 목요일 오후에 3시간씩 합주연습을 하고 있었으며 2010년부터 서울시 문화예술프론티어 단체의 일원으로 선정되어 서울시 산하 각종 공식 야외행사에 연주단으로 초대받아 출연하였다. 이 모두가 "뜻이 있는 곳에 길이 있다."는 신념을 가지고 정진만이 있을 뿐이라는 자세로 꾸준히 참여하였었다.

2012년 이후에도 이 노멀앙상블은 봉사단체(초대 차주용, 2대 기청 단장)로 당시 단장이던 기청 교수(전 서울교육대학, 바이올린 전공)가 초대 차주용 단장을 고문으로 취촉하고 새 단원들을 확보하여 매주 목요일 오후 서초구민회관 지하 연습실에서 정기 연습시간을 가지며 2014년 현재 전문적인 연주단체로 계속 활동 중이다.

2. 음악교사 출신의 작곡가 신귀복 중학교 교장

강서구 공진중학교 교훈 비석 상량식(우측 중앙 착모 신 교장)

요즈음은 군사부일체(君師父一體)와 같이 존경받는 선생님이 거의 없고 학생 인권조례와 같이 오히려 배움의 도상에 있는 학생들의 인권이 강조되는 시대가 되었다. 이것은 교육 환경이 열악

신 교장이 창단한 교내 반가부르기대회 광경

한 어느 중학교 교장으로 부임하여 3년간 재직하면서 사랑의 화
음으로 그 학교를 완전히 변화시켜 학생과 자모 그리고 교사들로
부터 뜨거운 존경을 받았던 작곡가 신귀복 선생님의 이야기이다.
평범한 중학교 음악교사로 가곡 〈얼굴〉을 작곡하셨던 신 선생님
은 아무도 선뜻 가고자 하지 않는 서울 변두리 중학교 교장으로
부임하게 되었다. 학생들은 가난한 가정 사정으로 도시락도 변변
히 싸가지고 등교할 만한 형편도 안 되었다. 교실 내 분위기도 학
습의욕이 없어 삭막하고, 부모들은 경제적인 어려움으로 아예 자
모활동은 접어둔 채 자녀교육에 무관심이며 이를 지도하는 학교
교사들도 문제 학생을 대하듯 사실상 형식적인 지도만 할 뿐 전
혀 개선의 기미가 안 보였고 학교시설도 환경미화 같은 것은 엄

한민족 새 디아스포라

두도 못내는 실정이었다.

이의 개선책으로 자모들을 학교로 끌어 들이기 위한 노래교실과 학생들도 방과 후에 이용할 수 있는 교내 노래방의 설치, 반가(班歌) 제정 및 경연대회 실시 등으로 학생들이 자발적으로 노래연습을 통해서 교내 분위기를 생기발랄하게 변화시키게 되었다. 합창을 위한 화음 연습으로 적극적이고 능동적인 학생들로 스스로 변하고자 하는 교풍이 일어나게 되었다.

위와 같은 활동을 뒷받침하는데 신 교장 자신의 공군 군악대 후배들이 전역 후 경찰악대에 많이 들어가 있어 우선 학교행사에 이들의 무료공연으로 지원을 받을 수 있도록 주선하였다.

음악 시설과 교내 수목관리 등 환경미화도 모두 친지 등 각계로 부터 적극적인 지원을 받아 학교재정에 부담을 주지 않고 진행시켜 나갈 수 있었다.

당시 일부 교사들-주로 전교조 소속-은 교장이 학교재정을 축내는 것이 아닌가 하여 감사를 시행하였으나 신 교장의 참다운 "애교 애제자 정신"에 감복하여 그가 교직을 떠난 후 설립한 서울음악연구소 기념공연 행사에 화분과 찬조상품권을 가지고 와서 공연에 참석한 어린 학생들에게 나누어 주는 등 의미 깊은 행사로 치르게 되었다. 신 선생의 교직 은퇴 후 그때의 제자들이 10여 년이 지난 지금도 신교장의 재직시 기울인 노고를 잊지 못하여 매년 스승의 날 무렵에는 꼭 찾아오는 사람들이 많아서 교육자로서 보람을 크게 느끼고 있다고 한다. 신 교장께서 필자(필명 사용) 작

사 〈고향 가는 길〉, 〈그대이름은 아내〉를 작곡하여 주신 악보를
뒤에 싣는다.

학교 분위기를 변화시킨 소식은 1997년 『조선일보』 등 일간지,
방송 등에도 많이 소개되고 교육청에서도 전국 각지 학교운영의
모범사례로서 널리 알렸던 사실이다.

第24087號　　조 선 일 보

◇너무 좋아요

17일 반가(班歌)부르기 대회를 마친 후 자리를 함께 한 신복룡 교장과 학생들. 학생들은 「교장 선생님이 오

신 뒤 학교가 재미있어졌다」며 좋아했다. 〈수병기자 subyong@chosun.com〉

노래방 '보충수업'

"학교생활 너무 재있어요"

「얼굴 작곡」 공지중 申貴福교장의 「열린교실」

노래방기기 빌려주고

학부모·교사들 합창도

「전세딜」「땅딜」

개인끼리 부동산 맞교환 늘어

다방→노래방등 업종바꾸기도

학생들 가운데 앉은 이가 신 교장

그대 이름은 아내

산소순례

요즘은 고향산천에 조상 묘소가 있는 선산을 가지고 있는 사람들이 드물다. 대대로 이를 보존해오던 후손들이 현대화 물결 속에 지역개발의 덕으로 목돈을 받고 선산 땅을 처분하는 대신 가족납골당을 마련하여 조상님들 유골을 화장하여 일괄적으로 모시거나 산야에 뿌리는 것이 보편화되고 있다. 어디 조상들뿐이랴! 그리 갈 길을 정하고 사후 매장지를 준비한 사람들이 주위에 꽤 많다. 매년 명절이면 귀성전쟁을 치르는 것은 생존해 계신 부모형제들을 뵈러 가거나 성묘하려고 고향으로 찾아가는 인파로서 이는 평소에 자주 뵙지 못하는 불효를 씻어보려는 최소한의 몸부림이라고나 할까?

필자는 아래에 소개하는 연극 〈민들레 바람 되어〉를 2011년 구정 무렵 대학로 예술극장에서 관람하게 된다. 연극 〈민들레 바람

되어〉는 아내를 먼저 저세상에 보내고 남겨진 딸과 함께 살아오던 남자 주인공(당시 정보석 분장, 이전엔 조태현 출연)이 아내가 살아있을 때는 느끼지 못했던 사랑을 깨달아가며, 특히 힘든 일이 있을 때마다 아내 산소를 찾아와서는 넋두리를 하곤 했는데 드디어 외동딸을 시집보내며 느끼는 아쉬움과 회한을 그렸다. 결국은 그도 노인이 되어 아내 무릎이 그리워 아내 산소 앞에 누워서 하소연하는 장면과 이를 지켜보던 이웃 무덤의 노부부가 함께 대화하는 상상 속 모습으로 끝나는 인생 일장춘몽을 그린 드라마였다.

이 연극을 관람한 후 필자는 살아서 못다 한 효도—아니 후손의 도리—와 가족사랑 그리고 친지들과의 우애를 조금이라도 더 해보고자 이미 돌아가신 망자들 산소를 개별적으로 찾거나 아예 일괄하여 순례계획을 세워서 자주 틈내어 두루 찾아뵙기로 결심한 바도 있다.

사람들은 조상 묘를 잘 쓰면 후손들이 번성한다는 풍수지리설을 믿고 제사도 열심히 모시고 중요 대소사가 있으면 산소를 흔히 찾아뵙곤 한다. 그런데 이러한 잠재의식도 작용하는 터에 집안 어른들의 생전에 자신에게 해주셨던 많은 덕담과 그들의 기원대로 이루지 못한 자신의 일생을 돌아보며 여생을 어떻게 추슬러야 저세상에 가서 어른들을 뵈올 수 있을까 하는 소박한 염려에서 앞으로는 명절에도 까마득히 잊고 지냈던 수많은 친척 어른들 중 명단을 정해서 연중에 차례로 뵙기로 하는 것도 좋을 듯싶다.

산소에 가서 할 일은 생전에 못다 한 자신과 아내의 양가 부모님들께 드리는 성묘와 그 윗대 조상님들의 은덕으로 지금까지 무난하게 살아 올 수 있었던 것에 대한 감사를 하는 일이다. 또한 어떤 이들은 나이 들기 전 저세상으로 먼저 간 친척들 중 집안에 자주 왕래하며 사랑을 베풀어 주시던 어른들과 형제자매들, 그분들 교훈을 귓전으로 듣고 실천도 못해 평범한 삶으로 이 생을 마감하게 될 시점이 가까워 왔기에 많은 감회를 느끼며 속죄하는 심정을 토로하는 이들이 많다.

따라서 자신에게 주어지고 있는 여생을 나름대로 설계, 실천하며 후손들에게 같은 전철을 밟지 않도록, 하늘나라에서 먼저 가신 분들을 뵙게 될 때에 떳떳이 대할 수 있도록 미리 준비하여야 될 것이다. 또한 주위에서 더불어 살아가고 있는 친지, 친척들과의 관계에서 이웃사촌만도 못하게 대화·연락 없이 지내는 많은 사람들과도 되도록 생전에 자주 만나되, 아니면 전화라도 자주 걸어 소통하며 지내야 되겠다고 다짐해본다.

하나님의 섭리 가운데 부모로부터 몸을 물려받은 우리들이 세상에서 살아가는 동안 심신을 연마하며 사회적으로나 가족관계에서 모두 건전한 삶의 태도를 확고히 유지해야 한다. 가정에서는 각별히 부부사랑, 자녀사랑과 친지간에 화목하여 주변사람들과 마찰음을 일으키지 말고 이웃에 대한 언행을 화음으로 이루어나감으로서 각자 본인의 사후에도 멋있는 삶을 살았던 사람으로 주변에 오래도록 기억될 수 있다면 좋은 일이 아니겠는가!

맺음말

맺음말

  인생을 거의 다 살아온 저자가 위 제 1~3부에서 과거 역사 가운데 우리 민족이 세계 곳곳으로 흩어져 살게 된 경위와 8 · 15광복 후 남북분단으로 동족상잔의 비극을 겪으면서도 "한강의 기적"으로 나라를 일으켜 세운 시대정신을 소개하며 현재 그리고 후대 국내외 청소년들에게 한 번뿐인 각자 인생을 잘 살아가기를 소망하였다.

  세계 각처에서 살아가고 있는 후손들이 양친이 모두 한국인이거나 어느 한편만 한국인이라 해도 글로벌 시대에 순수혈통만을 주장하기보다는 건전한 세계시민으로서 각자 삶을 지속해 나가면서 법적인 현지 국민으로서만이 아니고 부모 이전의 조상들 나라인 한국에 대한 새로운 인식과 유대강화는 물론 조국의 좋은 전통을 계승 발전시켜 나가야 될 것이다.

기독교 역사상 유대민족이 바벨론의 침공으로 그들 왕국이 멸망되자 중동, 유럽, 미국 등지로 흩어져 디아스포라가 되었지만 그들 후손들에 대한 철저한 교육과 유대 민족정신을 계승, 발전시켜 오늘날 이스라엘 본국이 소국이지만 세계를 주름잡는 훌륭한 인사들을 많이 배출하였고, 그들의 단결심과 우수성을 누구도 부인할 수 없는 위치를 구축하게 되었다.

우리 해외동포들도 현지에서 정착하기까지 고난을 이겨 나온 정신력으로 나름대로 인생의 성공을 이루기 위해 기울이고 있는 노력의 결실을 거두어 모국인 좁은 한반도에서 차세대 지도자가 훌륭하게 양성되어 서로 간 불신과 갈등을 통합하여 새로운 비전을 가지고 대동단결하여 머지 않아 통일국가로 당당한 선진국 진입을 이루어야 되겠다.

일찍이 인도의 시성(詩聖) 타고르가 한국을 '동방의 등불'로 희망적으로 설파한 것처럼 문명과 과학발전에 이은 경제력 증진에도 동양 3국이 유력해지고 있는 가운데 남북분단으로 현재 소국으로 머물러 있는 우리의 조국 '한국'이 오늘날 남녀노소, 국내외 거주를 막론하고 우리 한국이 세계 속에 우뚝 서고 있는 현실을 좀 더 정착, 심화시킬 수 있도록 우리 민족이 모두 대오각성하여 줄기차게 발전해 나가야 될 것이다.

발문

민족의 얼, 통합의 횃불을 들고

— 신갑철 수필가의 역저, 『한민족 새 디아스포라』에 부쳐

홍 승 주

민족의 얼, 통합의 횃불을 들고

— 신갑철 수필가의 역저, 『한민족 새 디아스포라』에 부쳐

홍 승 주

(시인 · 소설가 · 문예비평가)

서(緒) — 녹암(麓岩) 신갑철 작가는 누구인가

녹암 신갑철은 한 사람의 지성인으로서 한국과 미국 문화를 교류, 섭렵하면서 자유와 평화사상을 기초로 하여 국내외적인 친교와 화합을 다지는 한편, 일생을 무역지원업무에 종사하면서 세계 각 지역을 편력, 연계하는 활동과 발자취를 남겨 한국정부로부터 '석탑산업훈장'을 수상한 바도 있다.

그의 폭넓은 국제적 감각과 진취적 개척정신은 이 책『한민족 새 디아스포라』를 통해 국내외에 거주하는 청소년들의 밝은 미래에 대한 소망을 가지고 한국인의 지구력과 우수성을 깨우치고 민족혼을 고취하면서, 세계 속에 더욱 발전하는 나라를 이루도록 통합의 길로 나가야 된다는 것을 강조하며 조국통일에의 간절한

염원을 담고 있다.

중(重)－각 분야에 거친 세계적인 작은 거인들을 내 세우다

녹암은 세계를 무대로 각계 각층에서 국위를 선양한 입지전적인 한국인으로 일화가 수집된 국제적인 멘토들을 일일이 예시하면서 청소년들의 무한대한 창의력을 자극, 흥미를 유발한다.

대한민국의 이름을 세계만방에 드높인 반기문 UN 사무총장과 김용 세계은행(World Bank) 총재의 위상을 서두에 기술하여 젊은 청소년들의 가슴을 뛰게 하고 '한강의 기적'을 일으킨 현재 한국 노년세대들의 청장년시절에 "하면 된다"는 불요불굴의 실천정신을 언급하는 한편, 국기인 태권도의 거인이 레이건 대통령 등 역대 미국 대통령 등 유력인사들과 교류하는 모습이 자랑스럽게 펼쳐지고 그 외에도 각계 각층 유, 무명 인사들의 표면상 나타난 성공사례들과 그들의 고뇌담이 젊은 가슴을 뜨겁게 달군다.

녹암은 서울 국립현충원 순국영령 앞에서 젊은 시절을 조국에 바치며 산화한 역전의 용사들을 위무하며 그들의 순국정신을 기린다.

한강이 아름다워
조국이 너무 아름다워
영원히 이곳에 잠든 이여

결(結) – 후대들에게 남기는 소망

한마디로 이 책의 내용은 자라나는 청소년들에게 밑거름이요, 좌표요, 나침판이요, 이정표라 아니 할 수 없다. 녹암의 차세대에 거는 간절한 충정(衷情)과 애정, 소망을 여기서 발견할 수 있다.

국내외에 거주하는 사랑하는 청소년들이여!
조국을 사랑하고 한국인이란 긍지를 가지고 국위를 선양하자.
대지(大志)를 품고 원대한 꿈을 꾸어라.
목표를 세우고 한 걸음씩, 한 단계씩 청마(靑馬)를 타고 달려가자.

눈을 들어 하늘을 보라, 땅을 보라, 사람을 보라.
조국은 우리들의 마음의 고향이요, 희망이요, 낙원이 된다.
거기 축복과 약진과 도약의 발판, 활동의 대평원이 보여야 한다.
세계 정상에 우뚝 서는 멘토들의 뒤를 따르자.

젊은이들의 앞날, 조국의 미래, 세계의 판도는 그대들의 것! "현대 그리고 후대, 국내외 청소년들에게 한 번뿐인 각자의 인생을 열심을 다하여 충실하게 살아가기를 바란다"는 녹암의 뜻을 헤아리기를 바라며 이 발문을 맺고자 한다.

(미국에서 조국통합의 꽃이 피기를 기대하면서)

신갑철

筆名 신상윤
號 녹암(麓岩 산기슭바위)

————

한국문인협회 회원(수필), 재외동포신문사 자문위원

학력
서울대학교 법과대학 졸업

경력
미국 ABC-Amega Inc. 한국대표, 한국무역보험공사 이사, Indonesia 재무성 자문관, 한국수출입은행 수출보험 심사2부장, 한국수출입은행 LA사무소장, 대한재보험공사 월남지사 총무과장, ESCAP, UNCTAD, IUCII 등 국제회의 다년간 참석, 한국정부 석탑산업훈장 수장

저작 활동
우형주 전 서울대 교수 회고록 『평양과 서울』(1994. 12. 책임편집), 『수출계약의 요점과 분쟁해결』(2002.10.), 『무역미수금회수의 요체』(2004.11. 초판, 2007.7. 증보판), 임창빈 재미사업가 회고록(2008. 2. 책임편집), 『창공의 여운』(공군장교동기생 문집; 2008. 12. 공동편집)

개정증보판

한민족 새 디아스포라

인쇄 2015년 10월 25일 | 발행 2015년 10월 30일

지은이 · 신갑철
펴낸이 · 한봉숙
펴낸곳 · 푸른사상사
주간 · 맹문재 | 편집, 교정 · 지순이 · 김소영

등록   제2−2876호
주소   서울시 중구 충무로 29(초동) 아시아미디어타워 502호
대표전화   02) 2268−8706~7 | 팩시밀리 02) 2268−8708
이메일   prun21c@hanmail.net
홈페이지   www.prun21c.com

ⓒ 신갑철, 2015

ISBN 979−11−308−0567−2 03810
  값 15,000원